草凪 優

私を抱くと死ぬらしい

実業之日本社

実業之日本社文庫

目次

第一章　殺意

1

川村清奈《かわむらせいな》は背が高い。身長一六七センチ。踵《かかと》の高い靴を履いていると、日本人男性の平均身長とだいたい同じくらいになる。

小柄な女友達は、満員電車で男ばかりに囲まれると怖いと言っていたが、同じ高さに顔があるのも嫌なものだ。正面で向きあえば眼のやり場に困るし、相手に口臭があったりすると最悪だ。かといって、薄くなったまばらな髪にたっぷりとヘアリキッドを塗りこめた後頭部を鼻先に突きつけられるのも、泣きたくなるほどつらいものがある。

ちょうど帰宅ラッシュの時間だった。先にあげたもの以外にも、耳に吹きかけられる生温かい吐息や、人と人の間に髪が挟まって引っぱられるなど、満員電車は不快な事象に事欠かないが、そこまではまだ、百歩譲って我慢できる。しかし、体を触られるのは絶対に許せない。

ヒップに手のひらを這《は》わせている男がいた。

身をよじっても、しつこく撫《な》でてくる。

二十五年も女をやっていれば、満員電車の痴漢なんて何百回遭遇したかわからない。それが何万回でも、決して慣れることはない。犬に噛《か》まれるのに慣れないのと一緒だ。

十一月に入ったばかりだった。清奈はバーバーリーのベージュのコートを着ていた。薄着の夏場よりマシとはいえ、トレンチコートなのでそれほど生地が分厚いわけではない。ヒップに密着している手のひらは、まるで尻の丸みを味わうようないやらしい手つきで撫でてくる。

「この人、痴漢です！」

清奈は男の手首をつかんで叫んだ。瞬間、まわりの人間が揃《そろ》って後退《あとずさ》ったり、のけぞったりしたので、清奈のまわりにスペースができた。いままで見えなかった男の手が、視界に入ってきた。

「はあ？　ふざけんなよ、あんた」

清奈に手首をつかまれた男は、憤怒も露《あら》わに言い返してきた。三十歳くらいで、グレイのスーツに赤系のレジメンタルタイを締めていた。

「鞄《かばん》を持ってる手で、どうやって痴漢すんだよ？　言ってみろよ、おいっ！」

清奈がつかんでいるのは男の右手で、たしかにブリーフケースを持っていた。左手は吊革《つりかわ》……。

まわりの乗客が、一様にしらけた顔をした。失笑をもらした者もいたし、冤罪《えんざい》かよ？　とつぶやく声も耳に届いた。痴漢はすべての女の敵だが、痴漢冤罪はすべての男の敵である。

清奈は男の手首から手を離し、彼から顔をそむけた。

「おいおい、謝罪の言葉もないのかよ？　あんた、俺に濡《ぬ》れ衣着《ぎぬ》せたんだぜ。育ちのいいお嬢さんだね、まったく……」

男になにを言われても、清奈は謝らなかった。痴漢をされたのは事実だからだ。この電車の中に、自分のヒップを撫でまわしていた男は確実に存在する。謝る必要なんてあるものか……。

これだから満員電車は嫌なのだ。

晩秋の冷たい風を顔に受けて歩きだしながら、清奈は深い溜息《ためいき》をついた。満員でなくても、電車移動は疲れる。新宿からたっぷり一時間もかかる千葉県C市。生まれ育った地元だが、一年前までは三軒茶屋《さんげんぢゃや》でひとり暮らしをしていた。十八歳で東京に行き、六年ぶりに戻ったのは、親ひとり子ひとりで育ててくれた母が、再婚して熱海《あたみ》に行ってしまったからだった。

実家——と呼ぶにはちょっと抵抗がある分譲マンションが空くので、よかったら住まないか、と言われた。築四十年近く経《た》っているし、駅からも遠いので、売ってもたいした値段はつかない。賃貸に出すならけっこうなリフォーム費用が必要だ、と母は電話で言っていた。

そういう現実的な話より、母はたぶん、あのマンションを他人に渡したくないのだろうな、と思った。清奈が物心つく前に別れてしまった夫から、慰謝料代わりに譲り受けた部屋だった。バツイチになってからは、様々な男との恋のステージにもなっていた。

ひとり娘としては、母の恋人がやってくるたびに部屋から追いだされた嫌な思い出しかなかったが、清奈は清奈で経済的に窮していた。タダで住める部屋があるなら——正確には管理費や修繕積み立て金が多少かかるのだが——住んでみてもいいかなと気持ちが動いた。

実際に住みはじめてみると、うんざりすることばかりだった。

古いマンションのうえに、部屋が一階にあるせいで、とにかく陽当《ひあ》たりが悪い。昼間でも室内はどんよりと暗く、晴れた日に寝室の窓を開けても、青空を見ることはできない。法律的にどうなの？　と首をかしげたくなるほど、隣のビルが目の前まで接近している。もう一方の窓は道路に面しているので、カーテンさえ閉めきったまま。リビングの窓も道路に面しているから同じ状態。子供のころはあまり気にならなかったが、これではまるでラブホテルだ。

だいたい、清奈は家も地元も大嫌いで、東京に出ていったのである。自宅マンションは古くからある歓楽街に近く、再開発から取り残された一帯にあった。空き家が多いし、隣は幽霊でも出そうな雑居ビルだ。元はスナックなどが入っていたのだが、いまはもう一軒も営業していない。

駅前まで行けばユニクロやマクドナルドやスターバックスがあるけれど、逆に言えばそれしかない。文化の香りがしない。おしゃれに目覚めたばかりの若き日の清奈にとって、耐えがたいほどダサい土地柄だった。

とはいえ、このところちょっとだけ、地元でも居心地《いごこち》のいい場所を見つけた。駅から清奈の自宅までは歩いて二十分ほどかかるのだが、その途中にあるＤＭＤというヒップホップ・バーだ。ＤＭＤはDrowning Mad Dogsの略で、日本語にすると「溺れる狂犬たち」というすごい名前になる。

三カ月ほど前だろうか。日傘を差してもまだ暑く、汗のとまらない日のことだった。バテた犬のような顔で駅に向かって歩いていると、

「清奈先輩ですよね？」

ずんぐり太った坊主頭の男に声をかけられた。両耳にいくつもピアスをつけ、丸太ん棒のような腕にトライバルデザインのタトゥーをしていたので、一瞬怯《ひる》んだが、

「バスケ部でいっこ下だった刈谷《かりや》ですよ。刈谷浩二《こうじ》」

ニコニコしながらそう言われて、清奈は眼《め》を丸くした。中学のバスケ部の後輩だった。ずいぶんと縦横にひろがってしまったけれど、言われてみればたしかに面影があった。

「実家に帰ってきたんですか？」

刈谷は「家族の顔を見に帰ってきたんですか？」というニュアンスで訊《たず》ねてきたようだったが、

「ううん。母が引っ越して部屋が空いちゃったんで、こっちに戻ってきたの。去年の秋から」

「へええ、じゃあ俺ら店やってるんで、今度飲みにきてくださいよ」

そう言って渡されたのが、ＤＭＤのショップカードだった。暇つぶしに行ってみると、ひどくあやしげな店だった。元はスナックだったらしいが、町工場ばかりが

建ち並ぶ一帯にポツンと一軒建っている。夜になるとあたりは真っ暗なのに、灯《あか》りをともす看板もない。出入り口の扉に「hip-hop bar ＤＭＤ」と刻印された金属製のプレートと、会員制というシールが貼ってあるだけだ。

こんな調子で商売が成り立つのかどうか心配になるくらいだったが、ＤＭＤは飲食店というより仲間うちの溜《た》まり場で、店と同じ名前のヒップホップクルーのスタジオを兼ねているということだった。

清奈はヒップホップのことはよく知らないし、不良ばかりが出入りしている雰囲気だったし、まともなフードメニューがあるわけでもないので、普通なら二度と足を運ばなかっただろう。

しかし、刈谷をはじめ、彼の仲間はみな一様に歓迎してくれた。刈谷同様、ピアスとタトゥーを身にまとったいかつい連中なのだが、口々に「俺、ファンだったんですよ」と言いながら……。

「すげえ、本物だ」

「俺、サイン貰《もら》っていいですか」

「川村清奈っていったら、地元を代表する有名人ですからね。三年くらい前でしたっけ？　先輩の顔がドアップになったポスターが、駅ビルにずらーっと並んでるの見たとき、俺、感動に震えましたもん」

清奈はファッションモデルをしている。

大手化粧品会社のイメージガールになり、この町の駅ビルだけではなく、全国にポスターが貼られたのは、正確には四年前の話だ。二十歳から二十二歳にかけては、ファッション雑誌の専属モデルもやっていたし、単独ではないもののテレビコマーシャルにも出演していた。

しかし、それがキャリアのピークであり、もはや過去の栄光と言ってもいいくらいなのが悲しい現実だった。

「次はどこのイメージガールやるんですか?」

「モデルの王道はランウェイでしょ? パリコレとか出たりして」

「それとも女優に転身とか?」

そんなことを言われても、溜息をつくしかなかった。

二十三歳で所属事務所をやめたのを機に、仕事は低調の一途を辿《たど》り、落ち目の辛酸を舐《な》めつづけている。フリーのモデルとして細かい仕事をこなし、食い扶持《ぶち》だけはなんとか稼いでいるものの、それだっていつまで続くかわからない。

しかし、冴《さ》えない現状を正直に伝えても、

「先輩はものが違うから大丈夫ですよ」

「デンと構えていれば平気、平気」

「いまは神様がくれた休暇期間だと思えばいいじゃないですか」

彼らが眼をキラキラさせて言ってくるので、次第に気持ちがよくなってきた。どんな状況でも、ちやほやされることに女は弱いものだ。

もちろん、半分はお世辞だろう。だが、残りの半分は本当に、地元出身で一時はメディアでもてはやされていた自分に対するリスペクトが感じられた。彼らは清奈と違い、地元が大好きな男の子たちだから……。

2

痴漢をされ、犯人を取り逃がし、犯人と間違えた男に罵倒されたまま、まっすぐ家に帰る気にはなれなかった。

といっても、この街で気晴らしに足を運ぶところなんて、いまの清奈にはＤＭＤくらいしかない。表通りを曲がって三本目を左、町工場ばかりが建ち並んでいる薄暗い夜道を歩きだすなり、清奈はハッと振り返った。

人の気配を感じたからだが、誰もいなかった。錯覚だろうか？　駅を出てから、尾行されているような気がして何度も振り返っていた。痴漢をされたばかりで、神経が昂《たか》ぶっているせいなのか？

ＤＭＤの出入り口は道路に面している。ドアノブを引くと鍵がかかっていたが、よくあることだった。裏口にまわり、扉を開くなり、つんのめるようなヒップホップのリズムが耳に飛びこんできた。

演奏中だった三人が、清奈に気づいて笑顔を向けたり、手をあげたりする。観客はいない。演奏中といっても楽器を奏でているわけではなく、トラック担当の刈谷はノートパソコンを操作し、ＤＪのユータはターンテーブルをまわして、ラッパーのシンゴはマイクをつかんでいる。

三人は中学の同級生、つまり清奈にとっても中学の後輩ということになるが、シンゴとユータはバスケ部ではなかったので、この店に出入りするようになってから仲よくなった。

邪魔じゃない？　清奈が三人に向かって口を動かすと、

「全然」

シンゴがマイクを通じて言った。

「ちょっと新曲を合わせてみてるだけですから、ビールでも飲んでくつろいでてください」

清奈はうなずき、トートバッグをスツールに置いた。セルフサービスには慣れていた。ガラス張りの冷蔵庫からコロナビールを出し、栓を抜く。キッチンの冷蔵庫にはライムが入っているはずだが、出すのが面倒なのでそのまま瓶に口をつける。

ＤＩＹで内装工事をしたという店内は、壁中にレコードジャケットが貼られたり、ネオン管の照明を使ったりして、それなりにヒップホップ・バーっぽい雰囲気になっているけれど、なんだか後輩の自宅に遊びにきたような気分である。

三人の演奏は続いている。ヒップホップがよくわからない清奈であるが、今日のトラックはカッコいいと思った。せつなげなメロディのリフレイン。そこに切りこんでくるユータのスクラッチが、いつになく鋭く冴えている。

「なにを怯《おび》えているの？」

シンゴがラップを始めた。いつもなにを言っているかわからないが、そのワンフレーズだけは、やけに耳に残った。

「なにを怯えてるの？　未来？　将来？　しくじったら終わり……」

清奈はソファに腰をおろした。ビールを飲むのも忘れて、ぼんやりしてしまった。ヒップホップのリズムに身を委ねようとする。しかし、ノリに合わせて体が動くことはなく、頭の中でリズムが空疎に反響するばかりだ。

なにを怯えているの……。

なにを怯えているの……。

なにを怯えているの……。

気がつくと演奏が終わり、三人が目の前に立っていた。みな手にコロナビールを持って、笑顔で乾杯しようとしてきた。

「なんか元気ないですね」

「いつもみたいにパーッとやりましょうよ」

清奈は動けなかった。

元気がない？　――不意に彼らに対して反発の気持ちがこみあげてきた。こんな底辺で居心地よさそうにしているキミたちに、わたしのいったいなにがわかるの？

視線だけを、なんとか三人に向けた。

みんなの顔が凍りついたように固まった。

清奈の頬に、ひと筋の涙が流れ落ちたからだった。


満員電車の中での出来事が、悔しかったり、悲しかったり、したわけではない。もちろん、悔しいし悲しいけれど、人前で泣くほどのことではない。そんなものは氷山の一角にすぎない。

いまの世の中、女は本当に生きづらい。

女というだけで満員電車に乗れば痴漢に遭い、道を歩いていればひったくりに狙われ、トラブルがあれば怒声をあげて威嚇される。

仕事のオーディションでも、「彼氏はいるの？」と平気で訊《き》かれる。「清楚《せいそ》っぽく見えるけど、そういうタイプのほうがけっこう遊んでたりするんだよね」と言われたこともある。

向こうは軽口のつもりでも、こちらはしっかり傷ついている。オーディションのセクハラ発言なんて当たり前で、それをうまく受け流してこそプロのモデル、という意見もある。

そうかもしれないが、それではこちらに残った心の傷は、いったい誰が癒してくれるのだろう？

オーディションに受かれば、そんなつまらないことはすぐに忘れられる、と言う人もいる。それは否定できない。そのオーディション自体に合格しなくても、別の大きな仕事をつかむことができれば、見返してやった気分になるかもしれない。

実際、かつての清奈はそうだった。オーディションのセクハラ発言なんていまに始まったことではない。二十歳のころなんて、もっと露骨なことを言われた。俺と寝れば仕事あげるよ、と迫ってくる男が何人もいた。

もちろん、そんな誘いには乗らなかったし、乗っている同業者を心の底から軽蔑していた。大きな仕事をゲットできたことで、枕営業に誘ってくる男も、誘いに乗っている女も、見返してやったつもりだった。

しかし……。

ここまでオーディションに連戦連敗、所属事務所すら決まらない状況になると、心の傷を癒しようがない。仕事のグレードはさがっていくばかりで、現場に行ってもみじめさばかりを噛みしめている。

それでもなんとか、自分を励まして頑張ってきた。大きい仕事がひとつでも決まれば、潮目は変わる。嫌なことだって忘れられるはずだと……。

ひと月前のことである。

あるアパレルメーカーの展示会で、旧知の人間と再会した。

甘崎敏史《あまさきさとし》、〈ブリリアント〉という大手芸能プロダクションの人間だ。

四年前――清奈がまだキャリアのピークにいるとき、〈ブリリアント〉に所属しているグラビアアイドルと一緒に、ＢＳのファッション番組にレギュラー出演していたことがある。甘崎は彼女を含むグラビア系のチーフマネージャーだったので、現場でよく顔を合わせた。

「久しぶり、元気してた？」

甘崎は軽やかに声をかけてきた。ザ・芸能人と呼んでいいような有名女優を引きつれていたので、清奈は気後れしながら挨拶した。マネージャーは一緒じゃないの？　と訊ねられた。いまはフリーランスだと答えると、

「そうなんだ。ひとりじゃなにかと大変でしょ。困ったことがあったら相談に乗るから、いつでも連絡してきて」

渡された名刺の肩書きは、常務取締役だった。この四年の間に、大出世したらしい。

いかにも業界人ふうの甘崎のことが、清奈はなんとなく苦手だった。

彼のプロダクションはメジャーな俳優やタレントを何人も擁している老舗《しにせ》で、清奈が所属していたのは中堅どころのモデル事務所——世間的には似たようなものだと思われがちだが、人間の質がずいぶん違う。テレビを主戦場にしている人間は、雑誌やキャットウォークを主戦場としている人間より、よくも悪くも勢いがある。

とはいえ、これはチャンスだった。

清奈は早速、名刺にあったアドレスにメールを送った。新しい所属事務所を探しているので、できることなら力を貸してほしいと……。

レスポンスは早かった。

——うちには系列のモデル事務所があるし、他にも知っているところがあるから、紹介できると思うよ。とにかく一度、飯でも食おうか。

清奈は緊張した。指定された待ち合わせ場所が、外資系高層ホテルのラウンジバーだったからだ。できれば彼の会社で話がしたかったが、さすがに言いだすことはできなかった。

細身の白いパンツにメンズ寄りの黒いジャケットを合わせ、待ち合わせ場所に向かった。意識して、フェミニンな装いを避けた。仕事の話をしにいくのだ、と自分に言い聞かせていた。

しかし、地上四十階から望む東京の夜景に、現実感を奪われた。ちょうど黄昏時《たそがれ》で、薄紫色に暮れなずむ空の下に、星屑《ほしくず》のようなイルミネーションがみるみるひろがっていった。

高価なシャンパンが振る舞われ、清奈は心地よく酔った。甘崎の口から仕事の話はいっさい出ず、所属タレントの自慢話ばかりしていた。普段ならうんざりするような話題でも、夜景とシャンパンのおかげで、自分も煌《きら》びやかな世界の住人になったような気がした。シャンパンのボトルが空き、芳醇《ほうじゅん》な香りをたたえた赤ワインが供される段になると、華やかな格好をしてこなかったことを後悔したくらいだった。

「部屋をとってあるけど、いいよね？」

甘崎はごく自然に、ひどく慣れた調子でささやいてきた。

一瞬、正気に戻った。誘いに乗れば、あれほど軽蔑していた枕営業の同業者と同じレベルに成り下がる。

甘崎はお世辞にもいい男ではなく、これは枕営業ではなく恋愛、と自分を誤魔化すことなど不可能なタイプだった。

身なりこそきちんとしているものの、まだ四十代半ばなのに髪が異常に薄く、それを粘度の高い整髪料でオールバックにしており、匂いを想像するだけで卒倒しそうな感じなのだ。

断るべきだった。こんな男に抱かれたら、いままで大切にしてきたものがガラガラと音をたてて崩れ落ちていく――わかっていても、断れなかった。

とにかく、事務所を紹介してほしかった。大手芸能プロダクションの常務取締役が後ろ盾になってくれれば、どれだけ有利に仕事を進められるのか、わからない年でもなかった。前の事務所をやめてからもう二年になる。ひとりで戦っていることに、清奈はほとほと疲れ果ててしまった。

部屋の窓からも、ラウンジバーと同じ夜景が見えた。

けれども、パーティタイムはもうおしまいだった。キスをされ、体をまさぐられた。こちらだけ、下着姿にされた。淡い水色に赤い花の刺繍《ししゅう》が入った、お気に入りの下着を着けていた。こういう展開を予想したからではない。服に華やかさがなかったので、中身くらいは女らしくしておきたかったのだ。

「いいねえ」

甘崎は脂ぎった笑みを浮かべて、まじまじと眺めてきた。

「ランジェリーメーカーの広告もいけるんじゃないかな。匂いたつようにセクシーだよ」

褒め言葉のつもりだろうが、気持ちが悪かった。

甘崎は自分でベルトをはずし、ズボンとブリーフをさげて、勃起したペニスをさらけだした。舐めてくれよ、と眼顔で伝えてきた。まだシャワーも浴びていなかった。ずいぶんと自分勝手な男だと思った。

相手が恋人候補であれば、その時点で熱が冷め、服を着直して部屋を飛びだしていたかもしれない。

しかし、甘崎は恋人候補でもなんでもなかった。最初から、異性として意識していなかった。体を与えるかわりに求めているのが愛ではなかったから、黙って彼の足元にしゃがみこむことができた。

片膝をついた体勢で、ペニスを舐めた。思いだしたくもないが、媚《こ》びた上目遣いで何度も甘崎を見上げた。こちらが彼に好意をもつ必要はない。しかし、向こうには憎からず思ってもらわなければ、体を差しだす意味がない。

チラチラと見上げながら情熱的に舐めしゃぶっていると、

「おおうっ、いいねえ……」

甘崎は太い声をもらしながら腰を動かしてきた。ペニスの先端が喉の奥まで差しこまれ、えずきそうになった。それでも甘崎はフェラチオを中断することを許してくれず、両手で頭をつかまれて、口唇を犯すように腰を動かしてきた。

息苦しさで意識が朦朧《もうろう》としている状態で、ベッドに押し倒された。もうどうにでもして、という気分だった。体中を揉《も》みくちゃにされ、舐めまわされた。気がつけば、上下とも下着は剝ぎとられていた。

清奈はしっかり眼をつぶっていた。現実と向きあいたくなかった。濡れるかどうか心配だったが、甘崎がしつこくクンニをしてきたので、なんとかなった。やがて、正常位で覆い被《かぶ》さってきた。

「いい声で泣いてくれよ」

寒気のするような台詞《せりふ》を口にしてから、甘崎は清奈の中に入ってきた。頑張ってあえいだ。しらけた態度をとったりしたら、ここまで我慢してきたことが水の泡になってしまう。そんなことはできない。

甘崎は執拗《しつよう》に清奈の舌を吸いながら、腰を振りたててきた。清奈は彼にしがみつき、リズムを合わせることに集中した。心の中は、真冬の夜明け前のように冷えきっていた。

しかし、リズムが繰り返されるうち、体に異変が起こった。感じてきてしまったのだ。

考えてみれば、久しぶりのセックスだった。前の恋人と別れてから、一年近く経っていた。所属事務所すら決まっていない不安定な状況では、新しい恋人をつくる気にはなれなかった。

「……イッ、イクッ！」

清奈はビクビクと腰を跳ねさせた。イキたくなどなかったが、生理現象なのでしかたがない。眼だけは絶対に開けないようにした。誰にイカされたか目の当たりにするのは、さすがにつらかった。

「顔に似合わず、エッチなんだな……」

眼など開けなくても、甘崎が満面の笑みを浮かべていることはわかった。清奈が絶頂に達したことがよほど嬉《うれ》しかったらしく、抱擁が強まり、ペニスの動きが速くなった。

自分の口から演技ではないあえぎ声が振りまかれていることに、清奈は絶望した。下になっているのに、腰まで動かしていた。快楽に溺れることで現実と向きあわなくてすむなら、もうそれでよかった。

二度目のオルガスムスが訪れようとしているときだった。甘崎が抱擁をといた。喉をぐっと押されたので、驚いて眼を開けた。

「大丈夫、大丈夫……」

甘崎は笑っていた。笑いながら、清奈の首を両手で絞めてきた。

「気持ちよくしてあげるだけだから……殺したりしないから……」

清奈は言葉を返せなかった。首を絞められていては、言葉どころか声すらまともに出せない。甘崎は首を絞めながら、ペニスの動きをさらに速めた。パンパンッ、パンパンッ、と音が鳴っていた。

清奈は身をこわばらせた。膣《ちつ》のいちばん深いところ――感じるポイントを続けざまに連打されても、声をあげることもできない。息ができないのも苦しかったが、声を出せないと快楽が体の中に溜まっていくようで、そちらのほうが苦しかった。風船にどんどん空気を送りこまれている感じだ。

このまま爆発したら、五体が吹っ飛んでしまうのではないか――そんな恐怖さえ感じたが、次第に快楽に溶けていった。同時に酸欠状態が深まり、意識が薄くなっていく。霧がかかった頭の中に金と銀の火花が散り、それが引火するようにして、爆発が起こった。

「イッ、イグッ！　イグイグイグッ……」

その濁った声が、自分の口から発せられたかどうかも、定かではなかった。もしかすると、脳内だけに反響していたのかもしれない。

快楽に貫かれた股間が、ビクンッ、ビクンッ、と跳ねていた。制御できない力によって背中が弓なりに反り返り、体中の肉という肉が痙攣《けいれん》した。快楽の嵐に、揉みくちゃにされているようだった。

清奈には、そこまで激しい絶頂の経験はなかった。イキやすい体質をしていると思うが、物差しが違う感じだった。思いきりイッちゃった、と男に甘い声で伝えるときのさらに上だ。天井が吹っ飛んで宇宙が見えた気がした。

結合がとかれてからも、しばらくの間、放心状態から抜けだせなかった。

両脚の間にドロリとした不快感があり、触れてみると白い粘液が指に付着した。

自分の体液ではない、と直感的にわかった。

「まっ、まさか……中で出したんですか？」

焦って訊ねると、

「うん」

甘崎はエヘヘと笑いだしそうな顔でうなずいた。

冗談でしょ、と清奈は青ざめた。コンドームを装着していないことには気づいていた。もちろん、膣外に射精するだろうと思った。そんなことは、いちいち口に出して確認する必要もないくらい、ごく当然のマナーだろう。

「ひどいじゃないですか……」

さすがに抗議した。

「妊娠しちゃったらどうするんですか？」

「大丈夫だよ」

甘崎は満足げな笑顔で言った。

「僕って精子が薄いから、妊娠なんてするわけないって……」

なんという身勝手かつ無神経な男だろうと、清奈は二の句が継げなかった。はらわたが煮えくりかえり、殺意さえ覚えた。

それでも……。

仕事において有益な手助けをしてもらえたなら、涙を呑《の》んですべてを水に流したに違いない。甘崎が常務取締役を務めている大手でなくてもいい。その系列の小さなモデル事務所でかまわないので、所属できるよう便宜を図ってくれたのなら……。

連絡は梨のつぶてだった。

清奈のほうから二度ばかりメールし、遠まわしに事務所の件を訊ねてみたものの、ちょっと待っての一点張りで、親身になってくれそうな雰囲気は皆無だった。

騙《だま》されたのである。

甘崎には最初から、こちらを手助けをする気なんてなく、ただ性欲の捌《は》け口にされただけだったのだ。枕営業どころか、ただのやり逃げ——中出しされたにもかかわらず、きちんと生理がきたのでホッとしたが、そんなことはひとつも救いにはならなかった。

3

涙がとまらなかった。

刈谷が渡してくれたティッシュでいくら拭っても、清奈の眼からは大粒の涙がこぼれつづけた。

人前でこんなに泣いたのは初めてだった。いや、自分ひとりのときでさえ、涙をこらえるのが清奈の性分だった。泣いたらよけいみじめになるし、相手の思う壺《つぼ》のような気がするからだ。甘崎に屈辱的な目に遭わされてからも、涙を流したことはない。

だが、もう限界だった。

張りつめていた糸がプツンと切れてしまった。

「なんかあったんですか?」

清奈の嗚咽《おえつ》がおさまらないので、刈谷が心配そうに声をかけてきた。シンゴやユータも、同じ表情をしている。

「俺らに力になれることがあるなら、なんでもしますけど……」

「レイプされたの」

清奈はしゃくりあげながら言った。

「レッ、レイプって……」

三人は顔色を失い、眼を見合わせた。

「いつの話ですか、それ……」

「一カ月前」

「警察には……」

「行ってない」

三人が再び眼を見合わせる。込みいった話を訊ねていいものかどうか、迷っているようだ。

「相手は大手芸能プロダクションの幹部……」

清奈は自分から詳細を語りだした。張りつめていた糸は、すでに切れていた。一度始めた告白を、自分でもとめることができなかった。

「事務所を紹介してあげるって呼びだされて、高層ホテルのラウンジバーでたくさん飲まされた……気がついたら部屋にいたの。わたし、ひとりじゃ歩けないくらいふらふらだったから、体を支えてもらってエレベーターに乗って……普通、一階まで行ってタクシーに乗せてくれるでしょ？　でもその男、こっそり部屋をとってあって、わたしが酔ってるのをいいことに、そこに連れこんで……やられた……力ずくで……終わったあと、レイプされちゃったって、呆然《ぼうぜん》とした。シャワー浴びたいのに、ショックでしばらく起きあがれなかった。それでもね、事務所の件をなんとかしてくれたら我慢しようって思ってた。これがモデルとして再起する最後のチャンスかもしれないと思うと、警察には駆けこめなかった。でも放置。メールしても適当に誤魔化すだけ……わたしはね、たった一度だって枕営業なんてしたことないのよ。むしろ、そういうことする人を心の底から軽蔑していた。前の事務所をやめたのだって、同僚の子が副社長と不倫してて、気持ち悪くなったからだし……それなのに、レイプされて、やり逃げされて、枕営業にもならなかったって……わたし、もう死にたい……」

ひっ、ひっ、としゃくりあげながら話す清奈の言葉を、三人は最初、青ざめた顔で聞いていた。それが次第に、憤怒に赤く染まっていった。刈谷がいちばん、顔を赤くしていた。

わたしは嘘《うそ》つきだろうか？　――胸の中でリフレインしている。

レイプまでは言いすぎ、と清奈は思わなかった。たしかに、セックスが始まったときには合意があった。正体を失うほど酔っていたわけではないし、そういうことになるとわかったうえで、ホテルの部屋についていった。しかし、中出しなんて了解していない。首を絞められ、動けない状態で、暴力的にそれはされたのだ。

レイプではないか。

しかも、始まった段階での合意も、見事に踏みにじられている。こちらは恋愛感情があったからベッドインしたのではなく、所属事務所の件で骨を折ってもらうこととと引き替えに、体を差しだしたのである。

「……許せないっすね」

腹の底から絞りだしたような低い声で、刈谷が言った。

「そんなやつが大手の幹部って、芸能界ってどうなってるんですか？」

「腐ってる、うん、腐ってるよ」

シンゴがギリッと歯嚙みし、

「慰謝料とるべきですね」

ユータも険しい表情で言った。

「そうだな、慰謝料だ、慰謝料」

刈谷が立ちあがる。

「言っても、先輩、女だからナメられてるんですよ。俺ら使ってください。そいつ呼びだして、一緒にツメましょう。地元のスターをそんなふうに穢《けが》されて、黙ってられないっすから。なあ？」

シンゴとユータがうなずく。

清奈は涙を流しながら三人を見た。こういう展開になることを予想して、話をしたわけではなかった。

ただ、このまま黙って泣き寝入り、という結末だけは嫌だった。そんなことはあり得ない。

一年前に地元に戻り、東京まで長い電車移動を強いられるようになって、清奈は痴漢を見逃すのをやめた。それは断固たる決意だった。たとえ間違った相手の手首をつかんでしまっても、反省はしない。痴漢をされたのは事実だし、こちらが被害者であることには変わりないからだ。

ならば、痴漢より何百倍も罪が重いレイプ犯に対しても、一歩も引いてはならないのではないか。

刈谷たちを引きつれて甘崎と相対したところで、所属事務所なんて紹介してもらえないかもしれない。慰謝料だって無理だろう。

ただ、一対一で相対するより、言いたいことは言える気がする。自分の中だけに溜めこんでおいてはメンタルが崩壊してしまいそうなあれこれを、あの男にぶつけてやれると思う。

まずはそこから始めるべきだった。

こちらが真剣に怒っていることを示せば、相手の態度だって変わるかもしれない。甘崎はまだ、こちらが深く傷ついていることすら知らない。知らずにのうのうと暮らしている。許せない。

まずは怒りの表明が必要なのだ。それをしないことには、ここから先に一歩も進めない。

4

翌日、六本木のカラオケボックスで甘崎と話しあうことになった。

それまでのらりくらりとこちらの連絡をかわしていた彼も、

——あの日、あなたは強引にわたしをレイプしましたね。

というメールを送ると、

——レイプってなんですか？　訳のわからないことを言いだすのはやめてほしい。とにかく一度会って話をしましょう。

ということになった。

場所が六本木になったのは、甘崎の会社の近くだからだ。やたらと多忙を強調するので、こちらから出向いていくことにした。時間も向こうに指定させた。逃がすつもりはなかった。

午後三時、コの字形のソファが入ったカラオケボックスの一室で、清奈は甘崎がやってくるのを待った。刈谷とシンゴとユータも一緒だった。

酒場のオーナーである刈谷はともかく、シンゴとユータは昼間なのに大丈夫なのかと思ったが、「バイトなんか休みますよ。俺らのこと心配してる場合じゃないでしょ」とふたりとも気色ばんだ。

扉を開け、部屋に入ってきた甘崎は、ピアスにタトゥーの刈谷たちを見て一瞬ギョッとした。すぐに平静を装い、そういうことか、とばかりに鼻で笑った。

「それで、いったいなにが言いたいわけ?」

ソファの端に腰をおろし、清奈を見た。清奈は眼をそむけた。

「ケジメをつけてもらいに来たに決まってるだろ」

刈谷が低い声で返した。

「俺らは清奈先輩の地元の後輩だけど……話を聞いて怒り狂ってるんだ。仕事を餌に呼びだして、正体を失うまで酒飲ましてレイプするって、まともな人間のすることか? ヤカラのやり口じゃねえか。あんた、いちおう名前のある会社の役員なんだろ?」

「ちょっと待ってくれよ」

甘崎は呆《あき》れた顔で首を振った。

「僕は仕事を餌に呼びだしてなんかいない。相談に乗ってほしいって連絡してきたのは彼女のほうだ。酒だって、無理やりたくさん飲ませたわけじゃない。シャンパンのハーフボトルをふたりで一本と、ワインをグラスで二杯ずつ……酔ってはいたが、正体を失うほどじゃなかった。僕もそうだし、彼女もね。それに、部屋に入ってからのことは、合意の上のことだ。そうだよね？」

こちらを見たが、清奈は眼を合わせなかった。

「キミが憤慨していることがあるとすれば、所属事務所の紹介を期待していて、それがまだ果たされていないってことだろう？　でもね、そういうのは相手がいることだから簡単じゃないし、実際、二、三の知りあいにあたってみたんだが、けっこう冷たくあしらわれたんだよ。いまの川村清奈にモデルとしてのバリューはない、あんまりいい噂《うわさ》も聞かないって……そういうこと、直接キミの耳に入れるのもどうかと思ったから黙ってただけだ」

「……合意してません」

「えっ？」

「ゴム付けないでしていいなんて、わたしは合意してません」

「いやいやいや、そういうことはあとから言われても困るわけだよ。嫌なら嫌で、その場で言ってもらわないと」

「じゃあ中出しはどうなんですか！」

清奈は言った。にわかに顔が熱くなった。

「普通あり得ないでしょ、中で出すなんて！　そんなことしておいて、謝罪のひと言もないなんて……」

「いやいや、あのね……」

甘崎は苦笑まじりに溜息をついた。刈谷たちをチラリと見ると、

「人前であんまり露骨な話はしたくないんだけども、キミが連れてきた人たちだから言うよ。僕だって当然、外で出そうと思ってたよ。キミがしがみついて離さなかったから、しかたなく中に出したんだ」

嘘だ！　と清奈は胸底で叫んだ。中出しをされたとき、しがみついてなんかいない。相手が上体を起こして両手で首を絞めているのに、しがみつくことなんかできない。

しがみついていたのは、その前だ。清奈は甘崎にしがみつきながら、最初のオルガスムスに達した。

ギリッと歯嚙みする。

そんなことまで、刈谷たちの前で口にしたくなかった。

レイプされたのにイッたんですか？　と呆れられたら、清奈の立場は土台から崩れてしまう。イッてるんだから、レイプじゃないんじゃないの？　と思われる可能性が高い。

それがわかっているからだろう、甘崎は余裕の表情だ。こちらが首絞めについて言及すれば、すかさずオルガスムスで切り返してくるつもりなのだ。

「だいたいさ……」

武士の情けと言わんばかりに、甘崎は話題を変えた。

「妊娠なんてしなかっただろう？　したなら責任はとらせてもらうよ。でも、どうなんだい？　あれから生理はこないのかい？」

「……きました」

「だろ。なら問題ないじゃないか。コンドーム付けたのと一緒だよ」

一緒のわけがなかった。勝手に中出しされたあの絶望感を、男に対してどう説明すればわかってもらえるだろう？　その瞬間から次の生理がくるまでの不安や怯えを、なんと言えば理解してもらえるのか。

「あんたさあ……」

刈谷が口を挟んできた。

「さっきから調子こいてペラペラ舌まわしてるけど、時代遅れの屁《へ》理屈ばっかで聞いてて恥ずかしいぜ。セクハラでもパワハラでも、やられたほうがやられたって感じたら、それがセクハラやパワハラなんだよ。あんたの会社のコンプライアンス、どうなってんだ？」

甘崎が眼を丸くする。刈谷の風貌から、コンプライアンスなどという言葉が出てくるとは思っていなかったのだろう。ピアスにタトゥーでも、あんがい社会派なのだ。

「左手の薬指に指輪してっから、あんた既婚者だよな。カミさんいるくせに、若い女とセックスして、なんでそんなに偉そうにできる？」

「不倫は犯罪じゃない」

甘崎は真顔で返した。

「いまの日本に姦通罪はないからね。道徳的、倫理的には褒められたものじゃないだろうが、レイプとは全然違う。逆に、不倫することで、家庭の平穏が保たれることだってあるくらいだ」

「屁理屈はいい加減にしろって言ってんだけど」

「どこが屁理屈なんだい？　僕はレイプなんてしていない。その件について嘘をついているのは彼女のほうだ。不倫はした。それはそうだ。だけどそれは、お互いに大人として、合意の上で行なったことだ。部外者がぞろぞろ出てきて……」

「おいっ！」

刈谷が怒声をあげ、身を乗りだした。

「テメエ、あんまりナメてるとぶち殺すぞ」

「いまのはなんだい？」

甘崎は不敵に笑った。

「もしかして、殺人予告かな？」

スーツの内ポケットから、ＩＣレコーダーを取りだした。

「おおかた因縁をつけて小銭でも強請《ゆす》りとるつもりだったんだろうが、馬鹿な考えはやめておくことだ。僕は警察の上層部に知りあいがいる。この証拠だけで動いてくれる。ガサ入れされたくないなら、黙って帰れ。殺人予告だけですめばいいが、叩《たた》けば埃《ほこり》が出る体なんじゃないか？」

刈谷は言葉を返せなかった。シンゴもユータもそうだった。三人とも、眼を剝《む》き、歯軋《はぎし》りしながら、甘崎を睨《にら》みつけるのが精いっぱいだった。

5

刈谷はＤＭＤに戻ってくると、ソファを蹴飛ばした。

自分の店の備品なので壊したくなかったが、どうにも怒りがおさまらず、何発も蹴った。

それから、カウンターの中に入って棚からテキーラのボトルを取った。クエルボ1800シルバー。ショットグラスに注いでストレートで飲んだ。火のように熱い酒が、煮えくりかえったはらわたに染みこんでいく。

六本木からの帰り道、電車の中で口をきく者はひとりもいなかった。シンゴ、ユータとは駅で別れ、帰り道が一緒の清奈と肩を並べて歩いた。風が冷たく乾いていた。

「一杯飲んでいきませんか?」

別れ際に誘ってみたが、清奈は黙って首を横に振り、帰っていった。青ざめた顔が痛々しかった。清奈にこんな顔をさせる者は、どんな人間であっても許せないと思った。

清奈に初めて会ったのは中学に入学したときだから、もう十一年も前のことになる。バスケ部に入り、他の新入部員と一緒にパスやドリブルを教わった。二年の女子が新入部員の指導にあたるという決まりがあったわけではなく、たまたま顧問に言われたのだろうが、その初対面の印象が強烈に残っている。

すげえ美少女……。

とにかく顔が小さくて、眼鼻立ちが端整だった。それ以上に、スタイルが衝撃的だった。スタイルといっても中学二年生なので、バストやヒップが発達していたわけではない。

そっちの方向ではなく、手脚の長さに見とれてしまった。真っ白で、すんなりと伸びていた。体全体がびっくりするほど細く、こういうのをモデル体形というんだなと思った。そのくせ運動神経抜群で、足も速ければバスケもうまかった。いまは身長一八三センチの刈谷だが、中学入学当時は清奈のほうが背も高かったはずだ。

パスやドリブルを教えてくれた女子の先輩は他にもいたが、別格の容姿をしていた。学校中、いや街中探したって清奈ほどの美少女はいなかった。彼女がそこにいると、まわりの景色をモノクロに色褪《いろあ》せさせてしまう破壊力だった。放課後、下校するたくさんの生徒にまぎれていても、清奈はすぐに見つかった。ひとりだけ、カラーでキラキラと輝いていた。

といっても、中学時代のことなので、特別な関係になろうと思うまでには至らなかった。思ったところで叶《かな》うはずもなく、密《ひそ》かに淡い憧憬を抱いているだけで、彼女は卒業していった。

再会したのは、十九歳のときだった。再会といっても、直接顔を合わせたわけではない。当時付き合っていた彼女の部屋でファッション雑誌を眺めていると、やたらと綺麗《きれい》なモデルが眼にとまった。

最初は清奈だと気づかなかった。あまりに好みのど真ん中だったのでネットで検索してみると、バスケ部の先輩だったので仰天した。人の好みは変わらないものだな、と自分で自分に感心してしまった。

中学生だった清奈を街でいちばんの美少女だと思った刈谷は、二十歳に成長し、見違えるほど大人っぽくなった彼女を見ても、一冊のファッション雑誌に載っているモデルの中で、いちばん綺麗だと思ったのである。

ちょうど清奈が、モデルとして快進撃を始めた時期だった。とくに追いかけようと思わなくても、ツイッターのフォローをしているだけで、最新情報が次々と舞いこんできた。

メジャーな雑誌の専属モデルになった、テレビコマーシャルに出演した、ファッション番組のレギュラーを獲得した……とくに、大手化粧品メーカーのイメージガールになったときは興奮した。

イメージガールは全部で三人いて、清奈は年もキャリアも知名度もいちばん下だったが、いちばん輝いていた。同じ地元の贔屓目《ひいきめ》かな、と思わないこともなかったが、駅ビルの構内に貼られた巨大なポスターを見て、清奈がナンバーワンだと確信した。ＤＭＤのメンバーをはじめ、他の仲間や友達に訊いても、同じ答えが返ってきた。

雲行きがあやしくなってきたのは二年ほど前で、所属事務所をやめてフリーになったようだった。そこから大きな仕事がどんどん減っていき、一年前にはツイッターの更新がとまった。

結婚でもしたのかな、と思っていた。

できることならもっとビッグなステージで活躍してほしかったけれど、人の幸せは仕事の成功だけではない。あれだけの美人なら言い寄ってくる男はたくさんいるだろうし、それも大金持ちとか超イケメンに違いないので、幸せに暮らしていることを祈るばかりだった。

遠くから見守っていただけの刈谷の関心は、次第に薄らいでいった。どれだけ応援している心のアイドルでも、ツイッターの更新すらなければ、関心をもちつづけることは難しい。

だから、地元で清奈を見かけたときは、腰が抜けそうなほど驚いた。

声をかけたのは三カ月前の酷暑の日だったが、実はそのずっと前から何度か姿を見かけていた。

最初は緊張して声をかけられなかった。二度、三度と見かけているうちに、この街に住んでいるのではないかと思っていた。実家にちょっと立ち寄っただけだろうとと思うようになった。となると、なんだか複雑な事情がありそうで、ますます声をかけづらくなった。結局、七、八回見かけて、ようやく声をかけられた。

DMDに遊びにきてくれたのは嬉しかった。

刈谷はもちろん、シンゴやユータも清奈の大ファンだったし、地元の誇りだと思っていた。DMDに出入りしている仲間の中には、清奈が所属事務所をやめたことや、なかなか更新されないツイッターについて心配している者が少なからずいた。

再会した清奈は、美少女から大人の美女へと鮮やかに成長を遂げていた。美少女時代もそうだったが、普通に道を歩いていても、まわりの景色を色褪せさせるほどの圧倒的な美しさなので、バスケ部の先輩後輩という繋《つな》がりがなければ、とても声なんてかけられなかったはずである。

しかし、その横顔は愁いを帯びていた。細い背中からは不安や怯えや淋《さび》しさばかりが漂ってきた。理由は問いただすまでもなかった。刈谷はシンゴやユータといつも言いあっていた。「俺たちで盛りあげていこう」。日ごろからさりげなく励ますことはもちろん、イベントなどがあれば仲間を総動員して応援に駆けつけるつもりだった。

それなのに……。

肝心なところでなにもできなかった自分への苛立《いらだ》ちに、暴れだしたくなってくる。

甘崎という男から話を聞いて、清奈の言葉をそのまま鵜呑《うの》みにすることはできないかもしれない、と思った。刈谷がなにも言い返せなくなったのは、甘崎がICレコーダーを取りだしたからというより、清奈の言葉を信用しきれなくなったからだった。

ひと口にレイプと言っても、様々なレベルがある。不良が女の身柄をさらって監禁し、数人がかりで好き放題に犯し抜いて、言うことをきかなければ殴る蹴るの暴行を加える、というものから、その日は乗り気ではなかった妻を夫が無理やり組み伏せた、というものまで……。

清奈の場合、少なくても殴られたり蹴られたりはしていない。怪我《けが》を負っていれば当然医者に行くだろうし、それが暴行によるものだと判断されれば、医者が警察に通報する。

ただ、殴られたり蹴られたりしていないからといって、それがレイプではないと断じることはできない。

清奈と甘崎、どちらの証言も一致しているのは、コンドームはしていない生挿入、中出し、そして不倫である。

さらにもうひとつ、清奈は所属事務所を紹介してもらうことを期待し、甘崎がそれを理解していたという点も重要だ。

甘崎は、あたってみたが断られたと言っていたが、あやしいものだ。どんな言い訳をしてみたところで、結果として清奈の期待には応えていない。期待に応えるふりをして抱いておきながら、川村清奈にはモデルとしてのバリューがない、などと言い放つ無神経さも許せない。

そう、許せない。

なにがいちばん許せないかと言えば、甘崎のあの態度だ。

言うに事欠いて、「キミがしがみついて離さなかったから、しかたなく中に出した」とは、いったいどういう了見だろう？　セカンド・レイプとして糾弾されるべき案件ではないのか。中出ししても妊娠しなかったのだから、コンドームを付けていたのと一緒という言い草には、怒りを通り越して呆れてしまった。どう考えたって、いい大人が口にしていい台詞ではない。

刈谷にしても、相手が諸手《もろて》をあげて降参するとは思っていなかった。最初から、慰謝料をとったりするのは難しいだろうとわかっていた。

ただ、自分たちがぞろぞろとついていけば、少しはビビッて、清奈に対する態度をあらためるだろうと考えたのだ。たとえおざなりでも、謝らせることくらいはできるだろうと……。

それが、謝るどころか、逆に脅してきた。「叩けば埃が出る体なんじゃないか？」

と笑っていた。

ナメている……。

あの男は、清奈のことも自分たちのことも、完全にナメきっている……。

裏口の扉が開く音がした。

刈谷はカウンターの中で立ったままテキーラを飲んでいた。もう何杯飲んだかわからない。半分ほど残っていたクエルボのボトルが、底をつきかけていた。火の酒を流しこんでいるはらわたはもちろん、脳味噌《のうみそ》までぐらぐらと煮えたぎっている。

店に入ってきたのは、清奈だった。

眼を伏せて、幽霊のように生気のない顔色をしていた。

なにか飲みますか？　という言葉が喉につまり、刈谷はなにも言えなかった。清奈もなにも言わず、ソファにも座らず、呆然と立ちつくしている。眼もくらみそうな気まずい空気の中、お互いにしばらくそうしていた。

「もう……わかってると思うけど……」

掠《かす》れて震えた弱々しい声で、清奈は言った。

「わたし、ちょっと嘘をついてた……ちょっとずるかった……みんなに恥かかせちゃって、ごめんなさい……」

「いいですよ、そんな……」

刈谷はなだめようとしたが、

「でも許せないの！」

清奈が声を張りあげた。

「あの男のことが、どうしても許せない……わたしが全面的に正しいとは思わない……でも、あの男に傷つけられたことは嘘じゃない。なのに、なんの罰もくだってない。わたしはこんなに傷ついているのに……」

悲痛に声を震わせている清奈を見ていると、刈谷の体も震えだした。悲しみが、悔しさが、怒りが共振していた。

二十四年間生きてきて、ここまで自分を不甲斐《ふがい》なく思ったことはない。覚悟を決めるしかないようだった。この人のためなら死ねる、と本気で思った。

「ねえ、先輩……」

ふっ、と笑いかけた。

「先輩の前じゃだいぶ猫かぶってますけど、俺ら、不良なんですよ。あの甘崎って野郎は、自分が住んでいる世界だけが絶対だと思ってる。法律だけが、人を裁く尺度だと思ってる。法律に則《のっと》って、暴力を行使できるのは権力だけ……でも、そうじゃない。世の中にはいろんな人間がいて、怒らせちゃいけない相手がいる。それを教えてやります。泣いて土下座させてやりますから、楽しみにしててください……」

清奈は強い眼でこちらを見ていた。次はしくじるわけにはいかない、と刈谷は腹を括《くく》った。なんなら甘崎を殺してしまってもいいとさえ思った。あそこまでナメきった態度をとられて、殺すような目に遭わせないほうがむしろおかしい。

第二章　報復

1

陽《ひ》のあたらないマンションの一階は、冬の訪れが早かった。

ストーブをつけないと、昼間でも寒くて気が滅入《めい》る。十一月というのは、こんなにも寒かっただろうか、と溜息《ためいき》ばかりついている。

母が部屋に残していった石油ストーブは、清奈が子供のころから使っているものだった。温風が出てくるタイプではなく、昔ながらの反射式である。

清奈はそれが嫌いではなかった。燃焼筒が赤く燃えているのを直《じか》に見られるところがいい。視覚からも暖がとれる。

日がな一日、石油ストーブの前でぼうっとしていた。外に出る気がまったく起きず、予定していたオーディションの参加もキャンセルした。ぼうっとしていることに飽きると、ベッドにもぐりこんでこんこんと眠った。

せめて食欲があればよかったのだが、なにも食べる気がしなかったので、一日に区切りがなかった。それが何日も続いた。曜日の感覚も時間の感覚もなくなっていき、このままでは死んでしまうのではないかと怖くなって、時折ゼリー飲料を胃の中に流しこんだりした。その後は決まって、いっそ死んでしまったほうがマシだったのではないかと、何十分もうなだれていた。

人生山あり谷ありなら、いまは完全に谷底だった。

ここから盛り返していくためには、いままでとは別の人生が必要になるだろう。二十五歳は、まだ充分にやり直せる年齢に違いない。誰に訊《き》いたってそう言うだろうし、清奈自身もそう思う。新しい生き方を探し、それに取り組みはじめればいいだけだ、と……。

しかし、モデルへの未練が、どうしても断ち切れなかった。

誰にでもできる仕事ではない、選ばれた人間だけが就ける職業だ。その中でも、清奈はけっこういい思いをしたほうだと思う。モデルを名乗っていても、雑誌の専属になったり、テレビコマーシャルに出演したり、大手化粧品会社のイメージガールを務めることができるのは、ごくひと握りだ。本当に成功したと言えるのはひと握りの中のひとつまみだろうが、ひと握りには入れたのだから、それでいいではないか……思い出なら、もう充分に手に入った……。

いくら自分に言い聞かせても、ダメだった。

このままでは、終わりよければすべてよし、の反対になってしまう。

枕営業をしてやり逃げされた――この屈辱的な終わり方を、どうしても受け入れることができない。過去の栄光さえ、一瞬にして台無しにする最悪のエンディングと言っていい。

新しい生き方を探すにしても、せめてモデルとしてもうひと花咲かせてからでなくては、自分が可哀相《かわいそう》すぎる。甘崎のせいでモデルを引退することにした、というのだけは、断固として拒否したい。


刈谷からはずんだ声で電話がかかってきたのは、六本木まで甘崎に会いに行ってから、一週間くらい経《た》ったある日のことだった。時刻は午後九時過ぎ。

「先輩、いまなにやってます?」

「……べつに」

「暇だったら店に来ませんか? 見せたいものがあるんですよ」

「……いいけど」

本当は行きたくなかったが、このまま部屋に引きこもっていると病気になってしまいそうだった。まったく外に出ないので、風呂にも入っていなければ、メイクだってしていない。鏡に映った顔は、病人のように青ざめていた。病人のような生活をしているから、心身が病んできてしまっているのだ。

このままではまずい――歯を磨き、熱いシャワーを浴びた。時間をかけて身繕いをすると、フェンディのネイビーワンピースに袖を通した。普段着ではなく、パーティドレスだ。

ＤＭＤに行くために、そんなにめかしこんだことはなかった。単なる気まぐれだったが、本気でおしゃれをした自分を刈谷たちに見せてやりたかった。反応を想像すると、少しだけ気分があがった。

コートだけはいつものバーバリーだったが、それはしかたがない。アパレルメーカーの展示会に顔を出し、気に入ったコートがあっても、いまはさすがに手が出せない。

カツ、カツ、カツ……と夜道にハイヒールの音を響かせて、ＤＭＤに向かった。ジミーチュウのハイヒールに足を入れるのも、ずいぶんと久しぶりだった。踵《かかと》が十センチ以上ある。いつもより目線が高い。

刈谷が自分に見せたいものとは、いったいなんだろう？

彼らが本物の不良であることくらい、清奈はとっくに見抜いていた。ＣＢＤという脱法ドラッグを店で売っているが、裏ではおそらく、違法なドラッグにも手を出している。

清奈の前では絶対にそういう話はしない。それでも時折、彼ら同士の会話の中で「ビジネス」というワードが挟まれることがある。

麻薬の売買以外に、思いつくことがなかった。

そういうことでもしていなければ、毎日遊び暮らしていられるわけがない。刈谷が店の売上だけで生活しているとは思えない。ヒップホップなんてお金にはならない。シンゴやユータはアルバイトをしているらしいが、それにしてはよく昼間からぶらぶらしている。おそらく三人とも、ドラッグがらみの悪事で糊口《ここう》をしのいでいる。

とはいえ、彼らが本物の不良であったとしても、なにかを期待しているわけではなかった。

六本木まで甘崎に会いにいったあと、刈谷とふたりで話をした。いったん家に帰ったのだが、どうしても気持ちがおさまらなくて、ＤＭＤまで戻った。

清奈は怒り狂っていた。刈谷もそうだった。怒りが共振し、刈谷は甘崎に対する殺意を露《あら》わにした。

「タダじゃすまないですよ」「フルボッコでもおさまらねえな」「半殺しじゃなくて、全殺しだ」……酔って呂律《ろれつ》がまわらなくなった口で、切れぎれにそんなことを口走っていた。

もちろん、殺意があるからといって、本当に殺しはしないだろう。刈谷だってそこまで馬鹿じゃない。わかっていても、刈谷の振りまく殺意が心地《ここち》よかった。甘崎のような卑劣漢は、殺されて当然だった。それも、とびきり屈辱的なやり方で、息の根をとめてほしかった。

想像すると、少しだけ溜飲《りゅういん》がさがった。それで充分だった。見た目はタチが悪そうでも、違法なビジネスに手を染めていても、刈谷たちは暴力的な人間ではない。そのこともまた、清奈は見抜いていた。

ＤＭＤのヒップホップは、ギャングスタ・ラップというジャンルに属するらしいが、彼らはギャングでもなんでもない。不良は不良でも暴力とは縁が遠い、言ってみれば文化系の不良だった。彼らはただ、学校では教わっていないやり方で、音楽を愛し、仲間を愛し、地元を愛しているだけだ。

ＤＭＤの出入り口の扉は、今日も閉まっていた。まったく、と苦笑がもれる。勤労意欲がないにも程がある。

裏口にまわった清奈は、扉を開ける前にバーバリーのコートを脱いだ。胸を張り、背筋を伸ばして、ランウェイを進むように店内に入っていった。

いつもの三人が揃《そろ》っていた。ボックス席のソファに、刈谷とシンゴとユータが座っていた。額を突きあわせるようにして、テーブルに置かれたタブレットの画面をのぞきこんでいる。清奈に気づき、「あっ」と声をあげた。みな一様に眼《め》と口を丸くしたのがおかしかった。

「どっ、どうしたんですか……」

「オーディション帰りとか？」

「オーディションっていうか、パーティ？」

「なによう」

清奈はキュッと口角をあげて笑った。カメラマンにかならず褒められる表情のひとつだった。

「わたしがおしゃれしてるの、そんなに珍しい？」

「珍しいっていうか、そういう格好、初めて見ましたよ。なあ」

刈谷がシンゴとユータに同意を求め、ふたりはうなずいた。

「べつに仕事じゃないんだけどね……」

清奈はバッグとコートをスツールに置くと、ガラス張りの冷蔵庫からコロナビールを出して飲んだ。外の空気が乾いていたので、おいしかった。

「なんとなく、おしゃれしてみたくて……職業柄かな。やっぱり着飾ると、気分があがるものね」

「カッコいいですよ」

刈谷がまぶしげに眼を細める。

「しかし、ここにいると掃きだめに鶴、そのものだな……」

清奈は満更でもない気分になったが、

「それよりなに？　見せたいものって」

「えっ？　ああ……」

三人は眼を見合わせた。ちょっと気まずげに、だがいまにも吹きだしそうな複雑な表情で、こちらを見た。

「どうぞ、座ってください」

ソファを勧められ、清奈は刈谷の隣に腰をおろした。向かいあっているのは、シンゴとユータだ。

「これなんですけどね……」

刈谷がタブレットを操作する。画面に視線を落とした瞬間、清奈は息を呑《の》んだ。

映っていたのは、甘崎だった。

普通の状況ではなかった。ビールケースをふたつ重ねたくらいの高さの、木の台の上に立っていた。両手は背中で拘束されているようだった。そして首には、黒いロープが巻きつけてある。場所は廃工場とか、使っていない倉庫とか、殺伐としてガランとしたところだ。

「なっ、なんなの、これ……」

足元の台が倒れれば、甘崎は首を吊《つ》られて死に至る——そういうひどく危険な状況が映っているにもかかわらず、刈谷もシンゴもユータも、ニヤニヤ笑っているばかりだ。

「川村清奈をレイプしたな?」

画面の外から刈谷の声がした。

「正直に言わねえと、取り返しのつかないことになるぞ」

「だからしてないって言ってるでしょっ!」

甘崎は真っ赤な顔で叫んだ。

「セックスはしましたよ。でも、合意の上でしたことだ。彼女だってしっかり楽しんでた……」

「まだそんなこと言いやがるのか」

画面の中に、ぞろぞろと人が入ってきた。黒い目出し帽を被《かぶ》り、揃いの白い作業着に身を包んだ男が四人……。

「テメエよう」

目出し帽のひとりが、甘崎に話しかけた。ここにいる三人とは違う声だった。

「俺がこれ蹴っ飛ばしたら、その瞬間におまえはあの世行きだぜ。わかってんのかよ？」

甘崎の足元の台を、スニーカーの爪先でうりうりと嬲《なぶ》る。

「殺人予告してるぞ」

画面の外で、刈谷が言う。

「この前みたいに凄《すご》んでみろよ。警察の上層部に知りあいがいるんだろう？」

「サツに知りあいがいるだって？」

目出し帽のひとりがペッと唾を吐いた。やはり、シンゴやユータとは違う声だ。先ほどの男もそうだが、なんとなく、三人より先輩のような気がした。

「そういうこと偉そうに言ってる馬鹿が、俺はこの世でいちばん大嫌いなんだよ。だったらそいつに助けてもらえよ。いまから予告を実行してやるから」

「やっ、やめろっ……」

甘崎が焦った声をあげた。目出し帽の男が右脚をテイクバックさせたからだ。そのままサッカーボールをキックするように、台を蹴飛ばした。

バーンと音がし、清奈は悲鳴をあげそうになった。台が吹っ飛んだ瞬間、三人の男たちが甘崎の腰にタックルし、体を支えた。間一髪で、甘崎は首吊りから免れたのだった。

台を蹴った男が、倒れて転がっている台を元に戻した。甘崎がその上に、震える足を置く。顔が真っ赤に染まっている。さらに脂汗で濡《ぬ》れ光りだす。

「うわっ、こいつ漏らしやがった」

台を蹴った男が笑いだした。甘崎はライトグレイのスーツを着ていた。その股間に、黒いシミがひろがっていく。失禁したらしい。

「アハハ、クソまで漏らしてますよ」

甘崎の後ろにいる目出し帽が言った。シンゴの声だった。

「次は助けてやんねーよ。うんこ触りたくねーからね」

いまのはユータだ。

「おいっ！」

画面の外から、刈谷が声を張る。

「川村清奈をレイプしたな？」

「……しっ、しました」

甘崎は震える声で答えた。うなだれている。

「ようやく認めたな」

「かっ、勘弁してくださいっ……」

「謝罪しろよ」

「レッ、レイプしてっ……すみませんでしたっ……」

「それがテメエの謝罪なのか？　誠意を見せねえと、謝罪になんねえだろ。お詫《わ》びにクソまみれで首吊って死ぬのかよ？」

先ほど台を蹴った男が、甘崎の前でシャドーキックを始める。

「いっ、命はっ……命だけはっ……」

「だからどうすんだよっ！　責任もって所属事務所を探せるのか？」

「さっ、探しますっ！　探しますから、助けてっ……」

甘崎の顔はもう、汗と涙でぐちゃぐちゃだ。鼻水と涎《よだれ》もすごい。

「次嘘《うそ》つきやがったら、テメエだけじゃなくて、家族全員皆殺しだぞ。三歳の娘がいるんだよな？　調べはついてるからな。三歳の娘がいるくせにレイプするなて、とんでもねえクソ野郎だな、まったく」

「よーし、清奈ちゃんのほうは一件落着だな」

シャドーキックをしていた男が甘崎を見た。

「でまあ、それはそれとして、テメエが嘘ばっかりついているせいで、俺らまで駆りだされたわけなんだわ。経費がかかってるんだよ。弁護士費用みたいなもんだな……」

甘崎の上着を探り、内ポケットから財布を抜きとった。札を抜いた。四、五万はありそうだったが、男は舌打ちして宙に舞わせた。苛立《いらだ》ちを示すように、免許証や名刺など、財布に入っているものを次々と抜いて宙に舞わせる。

「こんなハシタ金じゃ話になんねえ。いくら出せる？　常務取締役さまなら五千万くらいサクッと出せるか？」

「むっ、無理です……」

甘崎が驚いたように首を振る。

「五千万なんて、とても……」

「おまえよう、会社の金を横領してでもなんとかしねえと、人生ここで終わっちゃうんだぜ」

再びシャドーキックを始める。

「川村清奈はうちの地元の誇りなんだわ。それを穢《けが》しておいて、事務所紹介するくらいで勘弁してもらえると思ってんなら……地獄に堕《お》ちろっ！」

シャドーしていたキックが、再び台をとらえた。思いきり蹴飛ばした——ように見えた。目出し帽はその寸前で足をとめていた。フェイントだった。甘崎は断末魔の悲鳴をあげ、そのまま号泣しはじめた。

「たたたっ、助けてくださいっ……にっ、二千万ならなんとかできますっ……二千万で勘弁してくださいっ……」

目出し帽たちは眼を見合わせ、しばらく逡巡《しゅんじゅん》していたが、

「ま、うんこも臭いし、そのへんで手を打っといてやるか」

ひとりが鼻で笑いながら言った。

「よし、最後にもう一度、先輩にちゃんと謝れ」

刈谷が言い、画面が甘崎のアップになった。ひどい顔をしていた。無残を通り越して滑稽なほどだったが、同情する気にはなれなかった。

「レッ、レイプなんかして、本当に申し訳ございませんでしたっ……所属事務所は早急に探しますっ……命懸けで探しますから、それでっ……それで勘弁してくだしゃーいっ！」

刈谷がプッと吹きだし、シンゴとユータもゲラゲラと笑いはじめた。

「いやー、何度見ても面白《おもしれ》えなあ」

「ちょっと武田鉄矢っぽくね」

「マジでうんこ臭くてしょうがねえのに、よくこんな顔できるよ」

三人に釣られて、清奈も笑ってしまった。動画を見始めた最初のほうは、さすがに戦慄した。こういうことをするためには、身柄をさらわなければならない。拉致、

監禁、拘束……完全に一線を越えている。

ただ、刈谷たちがニヤニヤしていたので、殺してはいないだろうと思った。殺人動画を笑いながら見せるほど、彼らは頭のおかしい人間ではない。

とはいえ、甘崎はリアルに死を実感したことだろう。生きた心地がしなかったに違いない。台を蹴った男の凶暴な脅しぶりは、見ていて心臓が痛くなるほどだった。

それに、たとえ故意でなくても、台が壊れるなどのアクシデントがあれば、その瞬間に命の炎が消し去られるのである。

「でも、これ……キミたち以外のふたりは誰？」

「ああ、それは……」

刈谷が答えた。

「俺らだけじゃちょっと心細かったんで、先輩に助っ人頼んだんですよ」

「先輩って？」

「中学の二個上で……先輩のいっこ上ですけど、宇田《うだ》さんと江尻《えじり》さんって、覚えてません？」

清奈は首を横に振った。バスケ部の関係者をのぞけば、学年違いの人間はよくわからなかった。清奈はそれほど社交的な性格ではない。

そのとき、裏口からドヤドヤと人が入ってきた。男がふたり――ピアスもタトゥーもしていなかったが、眼つきが悪かった。顔色も悪い。笑っているにもかかわらず、正視することを本能が拒むような、邪悪なオーラを振りまいていた。

「ちょうどよかった……」

刈谷が席を立ち、ふたりに近づいていって頭をさげた。

「お疲れっす。いまちょうど、昨日の動画を清奈先輩に見せてたところなんですよ……」

清奈を手招きして呼んだ。

「いま話してた、宇田さんと、江尻さん」

「……どうも」

清奈はソファから立ちあがり、こわばった顔で頭をさげた。

「おおっ、清奈ちゃーん、俺たちのこと、覚えてる？」

「いえ……すみません……」

清奈がもう一度頭をさげると、ふたりは一瞬鼻白んだ顔をしたが、すぐに笑顔に戻った。

「まあ、俺らほとんど学校行ってねえもんな」

「年少と行ったり来たりでな」

「でも、俺らはよく知ってるぜ、清奈ちゃんのこと」

「有名人だからねえ。有名になるまでは知らなかったけど」

なにがおかしいのか、宇田と江尻は笑いつづけていた。笑い方に清潔感がなかった。歯が異様に小さくて真っ黒だった。

清奈は内心で寒気を覚えていた。

同じ不良でも、このふたりは刈谷たちとは種類が違うと思った。暴力の匂いがする。それ以上に、人間の根幹の部分が腐っていて、腐臭を振りまいているような気がしてならない。

この手の男の生態を、清奈は昔からよく知っていた。

家の近くの歓楽街に嫌というほど棲息《せいそく》していた。清奈の母親は、そこで働くホステスだった。恋人は決まって、やくざかそれに準じる人間だった。

母は男を、顔と色気でしか選ばなかった。二度と結婚するつもりがなかったからだ。安定した生活とか、将来の保障みたいなことを取っ払ってしまえば、女が男を選ぶ基準はそうなってしまうのかもしれない。

よくも悪くも、母は自立した女だった。ホステスとして、普通のサラリーマンなんかよりずっと稼いでいた。そのわりに家にお金がなかったのは、着道楽なうえに貢ぎ癖があるからだった。

母が自分で稼いだお金なので、文句を言うつもりはない。

ただ、女に貢がせて平然としていられる男は、性根が腐っている。軽蔑という感情を、清奈は彼らから学んだ。恥を知らないということが、どれだけ恐ろしいことなのかも……。

2

翌日――。

清奈は久しぶりに電車に乗って、東京に出た。

以前仕事をしたことがあるカメラマンが有楽町の画廊で個展を開いており、それに顔を出すためだった。とりたてて仲がよかったわけではないし、わざわざ上京して足を運ぶほどでもないのだが、ゆうべおしゃれをしてＤＭＤに行った高揚感がまだ残っていた。

その勢いに乗り、日がな一日石油ストーブと向きあっている生活から脱却するため、都会の空気を吸いに行くことにしたのである。

気分は悪くなかった。

やり方はともかく、甘崎が泣きながら命乞いをしている姿を見て、気持ちが晴れた。失禁し、脱糞《だっぷん》してしまうほどの死の恐怖――清奈には想像もつかないが、それを甘崎に与えてやれたことが痛快だった。

あの食えない男も、さすがにいまごろは後悔していることだろう。中出しなんてしなければよかった、せめてさっさと所属事務所を紹介しておくべきだったと……。

だが、その一方で、黒々とした不安が心の片隅でくすぶっている。眼をそむけようとしても、そむけることができない。

あんなことをしてしまって、本当に大丈夫なのだろうか？

かすり傷ひとつ負わせていないと刈谷は言っていたが、拉致監禁である。

甘崎は警察の上層部に知りあいがいると言っていた。嘘か本当かわからないが、本当であれば甘崎が泣きつく可能性は否定できない。刈谷たちに捜査の手が伸びることも考えられる。

いや、警察ならまだいい。かすり傷ひとつ負わせていないなら、実刑を受けるまでには至らないだろう。

芸能プロダクションは昔から裏社会と結びつきが強いと言われている。昨今はだいぶ改善されているのだろうが、〈ブリリアント〉は大手にして老舗《しにせ》の芸能プロだ。そこの幹部である甘崎なら、反社会的組織の知りあいがひとりやふたりいても不思議ではない。

甘崎は死の恐怖を与えられただけではない。大金まで強請《ゆす》りとられようとしているのである。いくら大手芸能プロの役員とはいえ、二千万は平然と差しだせる額ではないだろう。それを渡すくらいなら、反撃に出たほうがマシだと考えたっておかしくない。

お金までとることはないのに——清奈がそう思っていることを察した刈谷が、こっそり耳打ちしてきた。お金をとることになったのは宇田と江尻の助っ人料のためであり、自分たちは一円だって手にするつもりはないと。

気のせいだろうか……。

家を出たときからずっと、誰かに見張られているような気がしていた。電車はすいている。時刻は午後一時過ぎ。行きも帰りも満員電車を避けられるようにしたので、痴漢に遭う心配はない。

だが、まばらにいる乗客の誰かが、息をひそめてこちらを見ている気がしてならない。神経が過敏になっているだけなのかもしれないが、体にまとわりつくような視線を感じてしようがない。

有楽町の駅ビルで手土産《てみやげ》のマカロンを買い、画廊に向かった。十坪もないような狭いスペースなうえ、知りあいのカメラマンも不在だったので、五分といられなかった。

せっかくだから銀座のデパートに寄っていくか……お金もないのに眼の毒になるだけか……。

迷いながら晴海《はるみ》通りを歩いていると、

「わっ！」

と背中を叩《たた》かれた。心臓が停《と》まったかと思った。

振り返ると、旧知の永野莉子《ながのりこ》が立っていた。かつて、同じ事務所に所属していたモデル仲間だ。最近疎遠になっているが、同期の同い年なので仲がよかった。

「やめてよ、ちょっと……びっくりするじゃない……」

清奈が青ざめた顔で言うと、

「ごめん、ごめん。でも、ちょっと驚きすぎ」

「驚くに決まってるでしょ……」

尾行されているのではないかと疑心暗鬼になっていたので、清奈はたぶん、莉子が想像する百倍は驚いたはずだ。

「清奈も個展に行ってきたんだ。わたしもいまから行くところだけど、せっかくだからお茶でも飲まない？」

莉子に誘われ、カフェに入った。莉子は清奈と同時期に事務所をやめ、その後は小劇団に入って女優修業に励んでいる。大学のサークルに毛が生えたようなものよ、と彼女は笑っていたが、まあ、実際その通りなのだろう。

「それにしてもさ……」

アイスカフェラテをストローでくるくるまわしながら、莉子は訊《たず》ねてきた。

「さっきの驚き方、普通じゃなかったよ。真っ青な顔で振り返ったから、わたしのほうがびっくりしたもん」

「ああ……」

清奈は苦笑をもらし、ガムもミルクも入っていないアイスコーヒーを飲んだ。

「なんて言うかその……引かないでほしいんだけど……ここんところずっと、誰かに尾行されてるような気がしてたから……」

「あー、なるほど」

莉子は合点がいったようにうなずいた。

「清奈ってあれだもんね、ストーカー呼び寄せ体質」

「……なにそれ？」

清奈は眉をひそめた。

「昔もされてたじゃない、ストーカー。事件になったでしょ。ほら、あのアニメオタクの……」

「ああ……」

力なく笑った。

もう三年以上も前のことだ。アニメ関係のイベントに、事務所の先輩の代打で出演したことがある。コスプレをしなければならなかったのであまり気の乗らない仕事だったが、現場に入ってピンクのウィッグに白いドレスを身にまとうと、急にテンションがあがってしまい、『魔法少女まどか☆マギカ』の鹿目《かなめ》まどかになりきってステージを務めた。

それはいいのだが、そのイベントでストーカーにロックオンされてしまった。畠《はた》中紀之《なかのりゆき》という、三十代の男だった。その後はコスプレをすることがなかったのに、どんなイベントでもかならずやってきた。「次はいつコスプレしてくれるんですか?」と声をかけてきたり、手紙を渡してきたり……。

アニメはそれほど詳しくないし、積極的にコスプレをしたいわけでもないと答えても、畠中は諦めなかった。事務所にコスプレの衣装を送ってくるようになった。一度や二度ではない。

熱狂的ファンとストーカーの線引きは難しい。はっきりしているのは、人気稼業のモデルにとって、前者は大歓迎だが、後者は願い下げだということだ。

ちょうどメディア関係の仕事が減り、イベントの仕事が増えていた時期だった。現場に行くたびに畠中の姿を見かけて気が滅入った。べつになにをされたわけでもないのだが、視線が異常に粘っこく、口を開けばアニメのことしか言わないので、次第に鬱陶しくなってきた。

「キモいんだけど」とある日ついに罵倒してしまった。渾身《こんしん》の眼力で睨《にら》みつけながら。しかし、畠中は睨まれたり罵倒されると逆に燃えるタイプらしく、プレゼントが届いた。自宅マンションにだ。自宅の住所なんて彼が知るはずもないのに、モデルガンが二丁。

――清奈さんには『ブラック・ラグーン』のレヴィをいちばんやってもらいたいです。

そんな手紙が添えられていた。『ブラック・ラグーン』を知らなかったので調べてみると、レヴィというのは肩が凝りそうなほどたわわな胸をし、水着レベルの薄着で露出が高く、二丁拳銃を乱射しているやたらと暴力的な女だった。はっきり言って、自分との共通点など皆無だと思った。

その日から、清奈は見張られはじめた。気のせいではなかった。走り去っていく畠中の後ろ姿を何度も見かけた。本気で怖くなったが、事務所には相談できなかった。仕事が下り坂に差しかかっていたので、よけいな心配をかけたくなかったのだ。

警察に行った。話を聞いてくれた人間の態度が唖然《あぜん》とするほど横柄だったので、なにも期待できないと落胆したが、日本の警察は清奈が思っていた以上に優秀だった。清奈の自宅付近をうろうろしていた畠中に職務質問し、逮捕してくれたのである。

もちろん、普通の状況であれば、路上をうろうろしていたくらいで、逮捕なんてされない。

畠中は鞄《かばん》の中にモデルガンを隠し持っていた。それが、ただのモデルガンではなく、改造拳銃だった。清奈もびっくりしたのだが、ノウハウさえあれば改造拳銃は意外なほど簡単につくれるらしく、畠中が所持していたのは、実弾が込められた殺傷能力のあるものだった。

清奈はゾッとした。実弾を込めた改造拳銃で自分を殺そうとしていたのだろうかと青ざめた。そして、自分に贈られた二丁のモデルガン——あれも改造拳銃だったかもしれないと思うと、畠中がなにを考えているのかわからなくて、震えあがることしかできなかった。

まさか、改造拳銃同士で、銃撃戦がしたかったのだろうか？　完全にどうかしている。

すぐに不燃ゴミに出してしまったから、あのモデルガンの正体は永遠にわからないけれど、ただのモデルガンではない可能性は高い。家宅捜索によって、畠中の住んでいたアパートから、改造拳銃が二十数丁発見されたからである。畠中はアニメオタクなだけではなく、ガンマニアでもあったらしい。

畠中には三年の実刑判決が言い渡された。初犯にもかかわらず執行猶予がつかなかったとメディアは報じていたが、二十数丁も改造拳銃を所持していたのにたった三年の刑なのか、と清奈は愕然《がくぜん》とした。そんな危ない人間、死ぬまで刑務所に入れておいてほしい。

「でもさ……」

莉子がアイスカフェラテをずるずる飲みながら言った。

「三年の刑ってことは、そろそろ出所してるんじゃないの？」

「えっ……」

清奈は持っていたアイスコーヒーのグラスを落としそうになった。言われてみれば、たしかにそうだ。畠中が逮捕されたのも秋だったから、あれからちょうど丸三年が経つ。

「やだもう、変なこと言わないで……」

清奈は笑ったが、その顔は思いきりひきつっていた。

三年という月日が長いか短いか――畠中が刑務所で反省し、更生して、真人間に戻った可能性もなくはない。しかし、元のままということだって充分に考えられる。

ということは……。

このところ感じている尾行の気配は、あの男なのだろうか。畠中にストーキングされていたときに住んでいたのは三軒茶屋のマンションで、千葉ではない。だが、あの男なら、こちらの現住所くらい、すぐに突きとめられるだろう。モデルガンを拳銃に改造できるノウハウがあるように、ストーキングのノウハウももっているのだから……。

3

数日後——。

昼寝をしていた清奈は、畠中の夢を見て、汗びっしょりで眼を覚ました。息があがり、怖いくらいに心臓が高鳴っていた。

逃げても逃げても追いかけられた。実際の畠中は、こちらが振り返っただけで走って逃げていく小心者なのに、夢の中では最強のモンスターだった。

両手に拳銃を握りしめ、ためらうことなく撃ってきた。二丁の拳銃が火を噴き、爆音が耳をつんざいた。横殴りの雨のように弾丸が襲いかかってきて、清奈は追いつめられた。泣いて命乞いをした。畠中は許してくれなかった。燃えるように熱くなった銃口を口の中に突っこまれ、そのまま引き金を……。

それが畠中の本性なのだろうか？

それとも、刑務所で過ごした三年の月日が、彼をモンスターに変えたのか？

考えたくなかった。

夕暮れが迫っていたので、明るいうちにコンビニまで買物に行くことにした。

道ですれ違う人間がみな、ひと皮剝《む》けばモンスターに思えてきた。明るい中を歩いているのに、こんなにも不安に駆られるのは、畠中のことを思いだしたせいなのか。それとも……。

胸騒ぎを具現化するように、

「先輩ーっ！」

と後ろから声をかけられた。振り返ると、シンゴがママチャリを漕《こ》いでこちらにやってくるところだった。顔色が普通ではなく、なんだかひどく焦っているように見えた。

「連絡行きました？」

「なんの話？」

シンゴの眼が泳ぐ。

「じゃあちょっと一緒に来てください。いまみんな店に集まってますから」

「どうしてよ？」

「いや、その……説明はあとでしますから、とにかく乗って」

ママチャリの荷台を指差した。大丈夫？　と清奈は言いそうになった。刈谷は巨漢だし、ユータも細身ながら背が高い。しかし、シンゴは小柄だ。踵の低いパンプスを履いているときでも、顔がずいぶん下にある。

怖くなったら降りればいいと思いながら、横座りで荷台に座ると、シンゴは力強くペダルを漕ぎだした。走行は驚くほど安定していた。

男の子なんだな、と思った。本当に申し訳ないけれど、清奈は自分より背の低い男を、いままで恋愛対象からはずしてきた。ちょっと損をしていたのかもしれない――そんなことを思ってしまったくらい、そのときのシンゴは男らしかった。彼自身に恋心を感じたわけではないけれど、小さな背中が逞《たくま》しく見えた。

しかし……。

そんな呑気《のんき》なことを考えていられたのは、束《つか》の間《ま》のことだった。DMDの店内に入ると、空気が緊張しているのがはっきりわかった。ボックス席で向きあっているのは刈谷とユータ。どちらの表情もひどく険しい。

「ちょうどそこで会ったから……」

シンゴが刈谷とユータを交互に見て言う。

「先輩連れてきて、よかったよな？」

刈谷は黙ってうなずいた。シンゴを見ようともしなかった。

「いったいどうしたのよ？　みんな顔色がよくないよ」

清奈が眉をひそめると、刈谷はふーっと太い息を吐きだしてから、言った。

「甘崎が死にました」

「えっ……」

「俺らが連れこんだ廃工場で、首吊って……」

「どっ、どういうことよ？」

刈谷は力なく首を振ると、スマホを操作して渡してきた。画面には、ネットニュースが表示されていた。千葉県C市の廃工場で、大手芸能プロダクションの役員が首吊り自殺体で発見されたことが報じられていた。

「これ……本当に甘崎なの？　名前書いてないけど……社名だって……」

「俺、昨日の夜中、現場の近くに行ったんですよ……」

ユータが言った。

「バイクでちょっと通りがかっただけですけど、パトカーとか集まってて、そりゃもう、ものものしい雰囲気で……それで、血まなこになってネットニュースをチェックしてたら、今日になって……」

「でも……」

清奈の言葉を、刈谷が遮った。

「間違いないと思いますよ。場所がジャストで、発見されたのが俺らがツメた四日後なんだから……」

「でもどうして死んだわけ？　まさかあなたたち、わたしに嘘をついてたの？　本当は殺してて……」

「殺してないですよ……」

刈谷が溜息まじりに答える。

「俺はちゃんと、背中で拘束してた両手のガムテープを剝がしました。甘崎は台に乗ったままで、首にロープもかかってましたけど、両手が自由なんだから、自力でなんとかできるはずなんです。最後に確認しましたからね。あとは自分でできるなって。甘崎はうなずいてました」

「じゃあ、どうして……」

清奈の言葉に、答えられる者はいなかった。なぜ首のロープもはずさなかったのか、という言葉が喉元までこみあげてくる。

甘崎は失禁し、脱糞してしまうくらい、死の恐怖にさらされていたのだ。脚は震えていただろうし、手だってそうだろう。そんな状態の人間が台から足を踏みはずす可能性があることくらい、ちょっと考えればわかるではないか。

だが、刈谷たちを責めるわけにはいかなかった。

彼らは他でもない、清奈のために甘崎を追いつめたのである。実際になにかするとは思っていなかったとはいえ、清奈は刈谷を焚《た》きつけた。ふたりの殺意は共振していた。

「ざまあ、って感じじゃね？」

シンゴが言った。その場にいた全員が、驚いた顔をシンゴに向けた。

「よかったんじゃないの、あんなやつ死んだほうが。だってレイプなんかしてる人間のクズだよ。しかも、ツメに行ったらしらばっくれて、警察の上層部に知りあいがいるなんて抜かすクソ馬鹿じゃん。レイプマンは反省も更生もしないっていうし、放っておいたらさあ、また被害者が出たかもしれないって。あいつはこの世に生きてちゃいけない人間なんだよ」

「そりゃそうだけど……」

ユータが言った。

「問題は、あいつが死んだせいで、こっちにとばっちりがくるのはごめんこうむりたいってことじゃね？」

「バレやしないさ。警察だって暇じゃないって。ただの自殺ですむから」

「そうかあー？」

「俺らは監視カメラのある盛り場を避けて、住宅街で拉致った。クルマのナンバープレートだって偽装してあった。両手を縛った痕だってついてない。紐《ひも》とか拘束バンドを使ってたらついただろうけど、ガムテープだしさ。それも、すぐに剝がせる粘着力の弱いやつをわざわざ買ってきて。手首じゃなくて服の上から腕に巻いて……」

「全部、宇田さんと江尻さんの入れ知恵だけどな……」

ユータがボソッと言うと、その場の空気が重くなった。

「あのふたり、どうする？　連絡入れるの？」

「それはちょっと待とう」

刈谷が答えた。

「あの人たちが、こまめにネットニュースなんかチェックするわけないからな。もうちょっと情報が集まるまで黙ってよう」

清奈はひとり、蚊帳《かや》の外にいる気分だった。完全に引いていた。彼らの本性を見誤っていたのかもしれない、と思った。

なるほど、清奈にしても、甘崎のような男は死んだほうがいいと思っていた。刈谷と殺意を共振させて、溜飲をさげていた。しかし、実際に死なれてみると、その衝撃は想像をはるかに超えていた。

海で溺れたとか、クルマが正面衝突したとか、そういう事故のような死に方なら、受けとめ方も違ったかもしれない。

だが、ほとんど彼らが殺したようなものなのである。

首にかかったロープをはずそうとしているうちに、誤って台から落ちてしまったとすれば、これだって事故と言えば事故だ。

しかし、そこに至るまでのお膳立てをしたのは刈谷たちだった。殺してはいなくても、死の一歩手前まで追いつめていた。そして、事故が起きてもおかしくない状況で、放置……。

にもかかわらず、シンゴは「ざまあ」と言い放った。

ユータもそれに同調した。

彼らは甘崎を殺したことに、少しも罪の意識をもっていない。

そんなことより、保身である。

実際に手をくだしたわけではないのだから、殺した実感がもてないと言われればそれまでだが、それにしてもちょっと冷酷すぎるのではないだろうか。

4

「わたし、帰るね……」

清奈の言葉に、三人はうなずいた。シンゴとユータは、甘崎の死などなかったかのように、ゲームの話をしていた。刈谷だけがひとり、険しい表情で腕を組み、思案に暮れている。

清奈はダウンコートを着て裏口から出た。空が夕焼けのピンク色に染まって綺麗《きれい》だったが、そんなことくらいで気分が晴れることはなかった。

死んだのが本当に甘崎なのかどうか、確認する方法を考えた。甘崎が死んだのなら、〈ブリリアント〉の関係者が詳細を知っているはずだった。

共演したことのあるグラビアアイドルは、風の噂《うわさ》で引退したと聞いた。連絡先は知らない。それほど仲よくなかったし、仮に連絡できたとしても、彼女レベルではまだ情報がおりてきていないだろう。死体は昨日見つかったばかりなのだ。上層部以外には箝口令《かんこうれい》が敷かれているに違いない。

「先輩ーっ！」

後ろから声をかけられ、振り返った。刈谷が巨体を揺らして走ってくる。

「送っていきますよ」

ハアハアと息を切らしながら言う。

清奈はどういう顔をしていいかわからなかった。夜中に帰宅するときでも、刈谷にそんなことを言われたことはなかった。話があるのだろうと思い、黙ってうなずいた。ピンク色に染まった空の下、肩を並べて歩きだした。

「どう思います？」

「なにが？」

「さっきのシンゴの発言、俺ちょっと驚いたんですけど。同調したユータにしても……ふたりとも必死に開き直ってるんでしょうけど、さすがに……マジで人ひとり死んでますからね……」

清奈は曖昧にうなずいた。自分と同じ感覚の人間がいてよかった、と少しだけ安堵《あんど》した。

「俺、自首しようと思ってんですよ……」

「えっ？」

「死んだのが甘崎だって確認とれたら、もうそれしかないって。その相談をしようと思ってあのふたりを呼んだのに、全然違う空気になっちゃって、まいったなあって……」

「警察、行くつもりだったんだ……」

「いや、だって、完全に俺らのせいじゃないですか。俺はね、やったこと自体は後悔してませんよ。きっちり甘崎を泣かせてやった。それには満足してます。でも、死んだとなると……やっぱ責任はとらないと、やばいっしょ。いつ警察にバレるだろうってハラハラしながら生きるのも性に合わないし、だったら自首して罪を償ったほうが、いいかなって……」

「……そう」

心臓の音がにわかに大きくなったのを、清奈は感じた。

「でも、そうなってくると、問題は先輩のことなんですよ。甘崎が先輩をレイプして、まともな謝罪すらしようとしなかったから、俺らでツメた……これが因果関係じゃないですか。でも、そんなこと警察にしゃべって、マスコミに報道されたりしたら、先輩にものすごく迷惑がかかりますよね。モデルとしてのイメージがメチャクチャになるっていうか……だからマジで、どうしたらいいんだろうって……」

刈谷の声が、やけに遠くに聞こえた。というか、ほとんど聞いていなかった。この男を自首させてはダメだ――もうひとりの自分が叫んでいた。刈谷が自首すれば、自分だって絶対に無傷ではいられない。

保身である。

開き直って「ざまあ」と言い放ったシンゴを責められないと思った。人間、いざ自分に火の粉が降りかかってくると、まずは保身に走るようにできているらしい。

「あのふたりも、いまは頭の中がとっちらかってるからあれですけど、時間置いて自首の話はしてみるつもりです。先輩についても、名前を出さないほうがいいなら、口裏を合わせます。だからちょっと、考えておいてください……」

刈谷が踵《きびす》を返そうとしたので、

「ちょっと待って」

清奈は腕を取った。革ジャンを着ていたので直接触ったわけではないが、腕の太さにおののきそうになった。

「うち、すぐそこだから、ちょっと寄っていきなさいよ」

「先輩の家にですか？」

刈谷が不思議そうな顔をする。彼らには、自宅の正確な場所を教えていなかった。彼らも彼らで、訊ねないのがマナーと心得ているようだった。

「そんな言いたいことだけ言いっ放しで、帰るもんじゃないでしょ。わたしの話もちょっとは聞いて」

「……いいですけど」

不思議そうな顔をしたままの刈谷を連れて、自宅に向かった。心臓の音は大きくなっていく一方だった。オンボロマンションを見られるのは恥ずかしかったが、そんなことを言っている場合ではなかった。

刈谷たちが自首することになったとして、自分のことだけ口止めするなんて、そんな卑怯《ひきょう》な真似《まね》はできない。彼らは後輩なのだ。そもそも刈谷を焚きつけたのだって、他ならぬ清奈なのである。

それに、口止めしたとしても、いずれ警察が清奈の存在を突きとめる。刈谷たちには、甘崎と直接的な接点がない。清奈が不在のままでは、動機なき犯罪になってしまう。

刈谷たちが実刑を受けたとしても、清奈はそこまでの罪には問われないはずだ。実際なにもしていないし、話を聞いたのさえ事が起こったあとなのである。

しかし、失うものの大きさは、実刑を受ける刈谷たち以上かもしれなかった。モデルとしての未来は完全に消滅するだろう。それに加えて、甘崎にレイプされたと主張しなければならない。枕営業をしたとは口が裂けても言えない以上、レイプされたと叫びつづける必要がある。

それを言うのと言わないのとでは、刈谷たちの量刑だって違ってくるはずだ。彼らは仮初《かりそ》めにも、清奈がレイプされたことを信じている。清奈の嘘に薄々勘づいていても、そういうテイになっている。女友達がレイプされたからその復讐《ふくしゅう》をしたという動機には、情状酌量の余地があるのではないだろうか。

できるだろうか？

屈辱的な犯罪の被害者であることを主張し、好奇に満ちた視線を集める勇気があるか？　すでに鬼籍に入っている男に濡《ぬ》れ衣《ぎぬ》を着せ、死者とその遺族に鞭《むち》を打ちつづけることが、この自分にできるのか？


自宅に到着した。

間取りは2LDKだ。リビングダイニングキッチンに、いまや物置と化しているかつての清奈の勉強部屋、そして寝室である。

清奈は刈谷を寝室に通した。石油ストーブが置いてあるからだが、それがなくてもそうしただろう。

清奈は覚悟を決めていた。刈谷を自首させないためには、刈谷を抱きこんでしまうしかなかった。甘崎が死んだからといって、「ざまあ」と吐き捨てることは自分にはできない。とはいえ、彼の死によって人生がメチャクチャにされるのは、もっと嫌だ。

シンゴによれば、甘崎の死に事件性を問われる可能性は低いらしい。ならば黙っていればいいではないか。自首する必要がどこにある？

刈谷はたぶん、刑務所に入るということをリアルに想像できていない。どうせ底辺で生きているのだから、刑務所に入ったところでたいして変わりがないだろうと、浅はかな判断をしているとしか思えない。

だが、塀の外にいれば、時に夢のような幸運が降りかかってくることもある。刈谷はもう少し、娑婆《しゃば》に未練をもつべきだ。

「どこに座ればいいんですか？」

石油ストーブに火をつけていると、刈谷が訊ねてきた。声が戸惑っていた。寝室にはソファもなければ椅子も置いていなかった。どちらもあるリビングを素通りしてここに来た理由が、刈谷にはわからないのだろう。それとも、わかっているから戸惑っているのか……。

「そこ座って」

清奈はベッドを指差して言った。イタリア製のクイーンサイズで、七十万円くらいするらしい。布団カバーやシーツは銀のシルク。どちらも母が残していったものだ。他の家具は安物ばかりだし、古いタイプの石油ストーブを二十年も使っているくせに、寝具だけは贅沢《ぜいたく》をせずにいられない人だった。

刈谷がベッドに座ると、清奈も並んで腰をおろした。清奈も黙っていたが、刈谷も口をきかない。気まずい空気が漂う中、石油ストーブの燃焼筒だけが赤々と燃えている。

清奈には、自分からセックスに誘った経験がなかった。相手が仲のいい後輩というシチュエーションも初めてだった。ほんの十分前まで、刈谷のことを異性として意識したことなどなかった。そういう相手とセックスを始めるのは、こんなにも照れくさいものなのか。

とはいえ、いつまでも黙って座っているわけにもいかず、立ちあがって簞笥《たんす》の引き出しを開けた。最初に眼に入ったのは、ヴァイブとローターだった。タオルをかけて隠した。コンドームの箱から中身をひとつ取りだし、手の中に握りしめる。買ってから軽く一年以上経っているような気がするが、コンドームに使用期限はあるのだろうか？

スマホで調べるわけにもいかず、振り返って刈谷の前に立った。

「手、出して」

「はっ？」

「いいから」

「はあ……」

おずおずと差しだされた刈谷の右手に、コンドームを押しこんだ。

「……なんですか？」

刈谷が唖然とした顔をしたので、

「かかってきなさい」

清奈は少しおどけて、対戦相手を挑発するボクサーのように両手で手招きした。

「いや、あの……」

刈谷が深い溜息をつく。

「こんなときに、そういう冗談……笑えないっすよ」

「冗談じゃないけど」

刈谷は戸惑うばかりだった。

「話があるなら聞きますから、冗談なしでお願いします……俺だってもちろん、わかってますよ。自首したら先輩に……すげえ迷惑を……」

刈谷の言葉は途中でとまった。

清奈が白い巻きスカートを落としたからだ。コートはすでに脱いでいたので、あとはブルーのシャツだけ、いや、それプラス、下半身はナチュラルストッキングに包まれている。下着はシャツの裾に隠れて、まだ見えない。

「やめてください……」

刈谷は眼をそらしている。

「やめない、って言ったらどうする?」

清奈はシャツのボタンをはずしはじめた。

「俺にとって先輩は……なんていうか……そういう対象じゃないんです」

「そういうってなによ？」

「だから……エッチとかする……」

「ふーん」

清奈は前屈《まえかが》みになって、ベッドに座っている刈谷の顔をのぞきこんだ。シャツの前ボタンはすでに全部はずしてあった。紺の生地に金銀の刺繍《ししゅう》やレースのついたブラジャーが見えているはずだ。

「キミってさあ、いかつい風貌してるくせに、アイドルには性欲がないと思ったりしてる？」

「悪いですか？　先輩みたいにすげえ綺麗な人に対して、そういうこと考えたくないんですよ。ただ憧れていたいっていうか、見上げるだけの雲の上の人というか……マジで脱ぐのやめてくれませんか」

清奈は無視して袖口のボタンもはずすと、シャツを脱いだ。男の眼にはパンティストッキングが途轍《とてつ》もなくいやらしく見えるらしいが、女にとっては無様な舞台裏なので、それもくるくると丸めて脚から抜く。

上下の下着だけになった。紺色は地味でも光沢があって安っぽくないし、金銀の刺繡やレースはゴージャスだ。ベージュの下着でなくてよかったと、心の底から思った。

さすがに、刈谷はそわそわと落ち着かなくなった。コンドームを握りしめている手のひらは、じっとりと汗ばんでいるに違いない。

隣に座って甘いキス——それがセオリーだとわかっていても、照れくさくてどうしてもできなかった。いきなりコンドームなんて渡したのが失敗だったかもしれない。こうなったらもう、虚勢を張りつづけるしかなかった。

「キミが褒めてくれたポスターあったでしょ？　化粧品の」

「えっ……はい……」

刈谷は決してこちらに眼を向けようとしない。

「駅ビルに、でっかいポスターが貼ってあった……」

「あのときわたしは二十一歳。他のモデルは二十代後半、少なくとも二十五歳は過ぎてたはず……でも、わたしがいちばん色っぽかったでしょ？」

「……そうですね」

「どうしてだと思う？」

刈谷は曖昧に首をかしげた。

清奈は隣に腰をおろし、耳元でささやきかけた。

「撮影前にオナニーしたのよ。スタジオのトイレで……」

刈谷がハッとこちらを見て、すぐに眼をそらす。顔が赤くなったのを、清奈は見逃さなかった。

「そういう裏話を聞くと、あのポスターも味わい深くなるでしょう？」

「……聞きたくなかった」

「どうやってしてたか、再現してあげましょうか？」

「先輩……」

刈谷がいまにも泣きだしそうな顔で、すがるようにこちらを見る。

「キミがうじうじしたままだと、わたしは汚れていくばっかりよ。キミの中の大事な偶像が泥まみれになっていく。わたしにだって性欲くらいあるの。人間なんだからあるに決まってるじゃないの。もちろん、キミにだって選択の自由がある。わたしのことが嫌いなら……わたしなんかとセックスしたくないなら、いますぐここから出ていけばいい」

刈谷は背中を丸めて震えていた。まだ勇気が出ないようだった。しかし、彼は勃起していた。生地の硬そうなジーンズを穿《は》いているのに、誤魔化しようもないくらい股間を大きく盛りあげていた。

5

「どうするの？　出ていかないってことでいいの？」

清奈は刈谷の腕を取り、立ちあがらせた。革ジャンを脱がせ、乱暴に床に放り投げる。バンザイさせて、Tシャツをめくっていく。靴を履いていないので、刈谷がずいぶんと大きく見えた。おまけに、耳のピアスに引っかからないよう、慎重にTシャツを頭から抜かなければならない。

体が密着していった。清奈の腹部が股間に触れると、刈谷は情けなく腰を引いた。年下の男を誘惑したのは初めてだったが、あんがい面白いものだと思った。ジーンズの上から股間を手指でそっと包むと、大げさに後退《あとずさ》った。もう少しで、後ろにあるベッドにあお向けに倒れるところだった。

「ズボンとパンツくらいは、自分で脱げるわよね？　わたし、男のパンツを脱がせるために生まれてきたわけじゃないのよ」

刈谷は言葉を返せない。清奈が股間を撫《な》でつづけているからだ。

「脱げるよね！」

「はっ、はい……」

刈谷は蚊の鳴くような声で言うと、情けなく腰を引いた格好で、ベルトをはずしはじめた。彼はまさか童貞ではないだろうが、初体験の相手をするというのは、こういう感じなのかもしれないと思った。

刈谷がジーンズとブリーフを脱いだ。背中を丸めて震えているくせに、股間のものは勢いよく反り返っていた。サイズはそれほど大きくなかったが、こんなに上を向いたペニスを見たのは初めてだ。

「これからあなたのものを舐《な》めてあげようと思うけど……」

身を寄せていっただけで、刈谷はビクッとした。丸太ん棒のような腕にタトゥーをしている風貌と、おどおどした態度がハレーションを起こしている。

「キミも真っ裸になってるから、わたしも真っ裸になったほうがいい？」

「……どっちでも」

「好きじゃないな、そういう投げやりな答え」

清奈は爪先立ちになり、刈谷の耳に唇を寄せてささやいた。

「わたし、モデルだからパイパンよ」

刈谷は大きく息を吸いこみ、

「そっ、そのままでいいです……下着のままで……」

上ずりきった声で言った。

いっそ清々《すがすが》しいほどのチキンだな、と清奈は腹の中で笑った。しかし、そういう刈谷に、自分でも意外なほど好感をもっている。この男は可愛《かわい》い。異性に対して可愛いなんて思うのは、珍しいことだ。

とはいえ、彼も男である以上、どこかで野獣に変身するだろう。先輩と後輩、モデルとファン、そういう垣根を跳び越えて、本能のままに清奈を求めてくるに違いない。

その瞬間に期待しているのか、不安に思っているのか、自分でもよくわからなかった。ただ、好奇心はとても刺激されている。全裸でペニスを勃《た》てているのに可愛い彼は、いつまでそのキャラを保持しつづけられるのだろうか。

清奈は片膝を立ててしゃがんだ。眼と鼻の先で、ペニスが裏側をすべて見せて勃っている。磯《いそ》のような匂いが漂ってきたので、まぶしげに眼を細めた。意外なほど、嫌な感じはしなかった。きっと、刈谷が怯《おび》えているからだ。自分がリードするセックスが、清奈にとっては新鮮だった。

「いい匂いよ」

わざとくんくんと鼻を鳴らし、触るか触らないかのフェザータッチで太腿《ふともも》をくすぐってやる。

「シャ、シャワー浴びてきます……」

刈谷は身をよじりながら言った。

「いい匂いって言ってるのに、どうしてシャワー浴びるのよ」

「……ぐっ！」

睾丸《こうがん》をつかむと、刈谷は伸びあがって眼を白黒させた。清奈は手のひらの中で、ふたつの玉をあやした。男にとって、ここは急所中の急所。衝撃を受ければ息がとまり、悶絶《もんぜつ》する以外のことはできなくなるらしい。

だからといって、性感がないわけではない。急所中の急所であるがゆえに、女につかまれるとハラハラする。刈谷ほどの巨漢でも、ここを握り潰してしまえば、女の足元にひれ伏すしかない。

「さっきの話、本当？」

「なっ、なんの話ですか？」

「わたしのファンなのに、わたしとエッチすること考えたことないの？」

「ないです」

「嘘でしょ」

「嘘じゃないです」

「じゃあいまはどんな気分？」

清奈が舌を伸ばし、ペニスの裏筋をくすぐるように舐めると、刈谷は身をよじってうめき声をもらした。

「考えたこともないことが現実に起こってるって、どんな気分？」

刈谷は言葉を返せない。ただ、首に筋を浮かべて伸びあがり、両膝をガクガク震わせるばかりだ。

清奈は口唇をひろげ、亀頭を咥《くわ》えこんだ。舐めまわしながら、口の中でたっぷりと唾液を分泌させた。音をたてて唾液ごとしゃぶりあげた。

刈谷は天を仰いで両手をきつく握りしめている。激しく息をはずませては、あうあうと声までもらす。

面白かった。男は普通、こんな反応はしない。感じていても、感じていないふりをする。感じて声をあげるのは女の役割であり、声なんて出すのは男らしくないと思っているからだ。

「こっち見なさいよ」

清奈は刈谷と視線を合わせながら、ペニスを深々と咥えこんだ。頭を振って、唇をスライドさせた。時折、睾丸を握ってやった。痛くしないように加減したが、それでも刈谷は泣きそうな顔になる。

「せっ、先輩っ……」

震える声で言った。

「そっ、そんなにされたらっ……でっ、出ちゃいますっ……」

「口の中に出したいの？」

刈谷は首を横に振った。

「顔にかけたいんだ？　ＡＶみたいに」

「いじめないでくださいよお……」

清奈は口角をあげて笑い、立ちあがった。唇が唾液で濡れているから、とびきりエッチな笑顔になっているはずだった。実際、刈谷はまばたきも忘れて清奈の顔を凝視している。ベッドにうながし、あお向けに横たえた。

清奈はベッドの上で膝立ちになると、背中に両手をまわした。ブラジャーのホックをはずすためだが、途中で思い直してはずすのをやめた。

清奈は自分の姿が男の眼にどんなふうに映っているのか、よくわかっているつもりだった。眼の大きな端整な顔立ちやすらりとしたスタイルは、好みにもよるだろうが、たいていの男の気を惹《ひ》く自信がある。

唯一の泣きどころが、胸のふくらみが小さなことだった。女で大きな乳房を求めている人なんて、本当はいない。胸が大きいと肩が凝る。痴漢に狙われやすくなるし、セクハラのターゲットにもなりやすい。反対に、胸がそれほど大きくなければ、どんな服でも着こなせて、おしゃれのアドヴァンテージになる。清奈自身、モデルという職業柄、胸が小さくてよかったと思っている。

だが、男の好みは正反対だ。清奈のブラジャーをはずした男たちは、みな一様に落胆した顔になった。あからさまにそうするほど失礼な人間ばかりではなかったが、どんなに隠そうとしたところで、本音は伝わってしまう。少なくとも、褒められたことは一度もない。素肌の白さやなめらかさ、手脚の長さに賞賛を惜しまない人でも、胸に関してはスルーする。

ブラジャーをはずすのは後まわしにして、先に下を脱いだ。清奈のパイパンは、意外なほど男に評判がいい。

「いっ、いやっ……あのっ……先輩っ……」

刈谷が困惑した声をあげたのは、清奈が彼の顔の上にまたがっていったからだ。両膝を立て、相撲の蹲踞《そんきょ》のような格好で、無毛の股間を眼と鼻の先に差しだしてやった。

顔から火が出そうなほど恥ずかしかった。初めて異性に素肌をさらしたときより羞恥心が揺さぶられ、眩暈《めまい》を起こして倒れてしまいそうだったが、虚勢を張るのはやめなかった。

「なによ？　わたしも舐めてあげたんだから、今度はキミが舐めてくれる番でしょう？」

「そっ、それはそうかもしれませんが……」

やり方があまりにも大胆すぎやしないか、と刈谷は言いたいのだろう。そんなことくらい、清奈にだってわかっていた。わかってはいるが、自分でもやりすぎだと思うくらい大胆に振る舞わないと、照れくさくてなにもできなくなりそうなのだ。後輩なら、先輩のそういう気持ちを察してほしい。照れることができなくなるくらい、感じさせてほしい。

「早く舐めてよ……」

自分にできる限界まで、色っぽい顔をつくってささやいた。刈谷はごくりと生唾を呑みこんでから、舌を伸ばしてきた。彼の舌は、ずんぐりした体型によく似て太かった。花びらと花びらの合わせ目を、それが這《は》った。

清奈の顔は熱くなっていくばかりだった。恥ずかしさもかなりのものだったが、それ以上にもどかしかった。

刈谷は舐めるのが下手《へた》だった。最初はおずおずと控えめに、やがて鼻息を荒げて股間中を舐めまわしてきたが、届いてほしいところに舌が届かない。ああっ、もうちょっと右、とか、もうちょっと奥、と思って腰を動かしても、相手がわかっていないから、ポイントはどこまでもずれていく。

とはいえ、舌がクリトリスの上で動きはじめると、それなりに疼《うず》いてきた。下半身の深いところで、熱く溶けだすものがあった。もういいだろうと、清奈は判断した。下手なクンニに付き合っているくらいなら、ペニスで突いてもらったほうがマシだ。

清奈があお向けに横たわると、刈谷は背中を向けてそそくさとコンドームを装着した。大きな背中を丸めている姿は、やはり可愛かった。もうちょっと舌使いが達者だったらなあ、と胸底でつぶやく。

刈谷は正常位で清奈に覆い被さってきた。情緒もエロティックさもなく、やたらとあっさり挿入された。動き方も単調かつ遠慮がちで、荒々しい鼻息ばかりを耳に吹きかけてきた。

刈谷も緊張しているのだろう。それはわかる。半ば強引に誘われ、戸惑っていることも伝わってくる。

だが、もうちょっとなんとかならないのか。セックスしているのだから、紳士面なんてかなぐり捨てて、野獣に変身すればいいではないか。

ファンであるモデルとベッドイン——彼にとっては夢のようなシチュエーションのはずなのに、黙々と腰を動かしている。キスもない。眼も合わせない。清奈はブラジャーをしたままなのに、それを剝ぎ取る素振りも見せない。

ファンだと言っておきながら、この男は本当に自分の写真を見て妄想を逞しくしたことがないのだろうか。そんな男がこの世に存在するのか。

彼が好きだと言っていた化粧品のポスターは、けっこう大胆なドレス姿でデコルテや背中を出していた。夏になればファッション雑誌で水着特集が組まれ、専属モデルの清奈は水着姿で誌面を飾った。

本当はいやらしいことばかり考えていたのではないのか。両脚をひろげてペニスが埋まっているところをまじまじと見たり、四つん這いにしてお尻の穴を眺めながらペニスを動かしたいのではないか。いまならそれを現実にしても許されるのに……。

男が欲望を剥きだしにしてくれないと、女だって対応に困るのである。このままでは、エッチな声を出している自分が馬鹿みたいだ。

ふと思いたって、刈谷の背中を叩いた。刈谷がこちらを見る。

「首、絞めてくれない？」

耳元で小さくささやくと、刈谷はギョッとした。嘘でしょ？　という心の声が聞こえた気がした。

「しながら首絞められると、わたしすぐイッちゃうから」

刈谷は完全に引いていた。ドン引きだったが、清奈はスルーした。刈谷の胸を押し、上体を起こさせた。

このままいっさい盛りあがることなく、セックスを終えたとする。そのときのしらけきった空気を想像すると、寒気がするほど恐ろしい。

気まずいし、いたたまれないし、もしかすると刈谷とは二度と眼を見て話ができなくなるかもしれない。相手が無気力セックスに終始している以上、こちらがなんらかの手を打つしかない。

甘崎にされた首絞めセックス——もちろん、そんなことをされたのは初めてだった。されたいと思ったこともなかったが、我を忘れるほどの痛烈なオルガスムスに達した。興奮したというより、興奮する間もなくイカされた。相手が甘崎であることを考えると不愉快な思い出でしかないが、あのプレイ自体は自分にフィットしているような気がする。

刈谷は覚悟を決めるように何度か深呼吸すると、両手で清奈の首をつかんだ。ぐっと絞められた。清奈は全身が熱くなっていくのを感じた。自分はこのプレイを求めていたのだと、頭ではなく体で理解した。

相手が刈谷というのも、よかったのかもしれない。巨漢に坊主頭、ピアスにタトゥーという、ちょっと普通ではないルックスをしている。ファンタジーに出てくる暴虐な野獣に見えなくもない。

ファンタジックな世界観の中で、お姫さまである自分が強引に犯されるという妄想を、清奈は自慰のときよくしていた。現実世界では痴漢もセクハラもレイプも決して許されないが、妄想の中でなら話は別だ。

深い森の中の古城に幽閉され、人間離れした野獣に延々と犯される——野獣は他国の王様に雇われ、お姫さまを誘拐するのが任務なのだが、清奈の魅力に任務を忘れ、昼夜問わず挑みかかってくる。来る日も来る日も極太のペニスで貫いて、快楽によってわがままなお姫さまを手懐《てなず》けようとする。

首絞めによって意識が薄らいでくると、刈谷が本物の野獣に見えてきた。

エッチな声をあげて、感じていることを彼に伝えられないのが残念だった。そんな癖はないはずなのに、舌をダラリと伸ばしていた。顎や喉がやけにヌルヌルしているのは、涎が垂れているからだろう。眼の焦点も合わなくなってきた。もしかすると白眼さえ剝いているかもしれず、自分はいま、途轍もなく醜い顔をしているに違いないと思った。

それでも、首絞めセックスを中断してもらう気にはなれなかった。清奈の反応がよくなったせいだろう。刈谷の腰使いも熱を帯び、いちばん深いところを突かれている。いいところにあたる。体の芯まで快感が響いてくる。やればできるではないか。

刈谷が送りこんでくる情熱的なリズムに翻弄され、清奈は何度ものけぞった。自分も下から腰を動かした。眩暈がするほど気持ちよかった。性器と性器の密着感があがり、リズムによってひとつに溶けあっていくようだ。

オルガスムスが近づいてきた。

息ができず、声も出せない状態では、こみあげてくる快感が、体の内側に閉じこめられる。爆発するぎりぎりまで、力ずくで高みに昇らされる。普段なら考えられないほどの高所まで連れていかれ、手脚の感覚はおろか、もはや重力も感じない。まるで空中遊泳をしているような感覚の中、快感だけが暴力的な勢いでこみあげてくる。体中の肉という肉が、ぶるぶると痙攣《けいれん》しはじめる。

「イッ、イグッ……イグイグイグッ……」

釣りあげられたばかりの魚のように全身を跳ねさせて、清奈はその日最初の絶頂に達した。

6

刈谷はＤＭＤを掃除していた。

年末の大掃除でもここまで熱心にはやらないというほど、店内を隈無《くまな》く綺麗にした。警察に見つかってはまずいものが絨毯《じゅうたん》に落ちているかもしれないので、時間をかけて掃除機をかけた。ソファやスピーカーの裏側まで徹底的にやった。それから水まわり。キッチンもトイレもピカピカになるまで磨きあげた。

昼前に始めて夜までかかり、全身が埃《ほこり》と汗にまみれていた。刈谷が住んでいるのは、ＤＭＤから徒歩五分ほどの実家だった。朝まで店で飲んでそのままソファで寝てしまう日も多かったが、店には風呂なんてついていない。

風呂に入るときは当然家に帰るのだが、ふと思いたってサウナに行くことにした。クルマで十五分くらいのところにある。

愛車は中古で安く買った黒のアルファード。十年落ちでも、元気に走ってくれている。クルマの中も掃除をしたほうがいいと思ったけれど、さすがにもう気力がなく、運転席に座ってエンジンをかけた。

そのサウナの施設は古く、ゲイのハッテン場という噂も絶えない。だが、地域一帯の入浴施設に先駆けてタトゥーＯＫを掲げた、進歩的なところだ。和彫りを背負った怖い人もいれば、いかにもやばそうな外国人客も多いけれど、刈谷にとってはパラダイスだった。

汚れた体を洗い、低温サウナでじっくり汗を流して、ジャグジーにのんびり浸《つ》かった。風呂あがりには、食事処《どころ》でキンキンに冷えた生ビールを喉に流しこんだ。至福の味がした。

刈谷は高校を中退してからごく短期間、内装工事のアルバイトをしていたことがある。そのとき、サウナで生ビールを飲む味を覚えた。肉体労働で疲れたあとでないと、ここまで旨《うま》く感じない。そう思うと、一日がかりで店を掃除したことも、なんだか報われたような気がする。

清奈を抱いてから、三日が経っていた。

いまでも、あれが現実に起こったことだと信じられない。清奈の自宅からの帰り道は、まるで雲の上を歩いているような気分だった。自分の身に起こった人生最大の幸運を、受けとめきれないでいた。

刈谷にとって、清奈は正真正銘、理想の女だった。少なくとも、容姿に関しては一〇〇パーセントそうである。もし自分に絵心があり、理想の女を描いてみたら、たぶん清奈の絵ができあがるだろう。清奈のことを知らなくても、そうなると思う。そんな女と体を重ねられたのだから、人生最大の幸運と言わずして、なんと言おう。

清奈の裸身は、本当に天使か女神のようだった。モデルにとっては商売道具だから金をかけてメンテナンスしているのだろうが、素肌の白さや輝き方が、普通の女とまるで違った。触り心地はうっとりするほどなめらかだったし、パイパンの股間に至っては、それが股間とは信じられないほどの清潔感を放っていた。

だが、なんといっても、すさまじかったのはイキ方だ。

清奈は最初、ノッていなかった。こちらが下手なせいだろう。刈谷には自覚があった。以前付き合っていた女に、眼を見てはっきり下手だと言われた。理由は自分でもよくわかっている。欲望を剝きだしにするのが恥ずかしいのだ。

ましてや相手が理想の女で、天使で女神となれば、手も足も出なくて当然だった。清奈には申し訳ないけれど、欲望を剝きだしにするくらいなら――肉欲を満たすために浅ましく振る舞う姿を見られるくらいなら、セックスが下手だという誹《そし》りを甘んじて受け入れたほうがマシだった。

だから、しらけたセックスになることは想定内だった。腰を動かしながら、事後の言い訳ばかり考えていた。

ところが、清奈にうながされて首を絞めはじめた瞬間、彼女の反応が変わった。ひと突きごとにいやらしく身をよじり、下から腰を使ってきた。刈谷は途中から、清奈のリズムに合わせることに必死になっていた。そうすると、快感がみるみる倍増していった。

首を絞められて悶絶している清奈の顔も、夢に出てきそうなインパクトだった。首を絞める前、彼女は眉根を寄せて眼を閉じていた。その顔も、忘れられないセクシーさだったが、いかにもつくりものめいた表情だった。

だが、首を絞めているときは違う。涎を垂らし、いまにも白眼まで剝きそうで、感じていることがリアルに伝わってきた。しかも、元が超美形なので、それが崩壊していくこと自体、身震いを誘うほどエロティックだった。

そして最初のオルガスムス——あれほど激しくイク女を、刈谷は他に知らなかった。そもそもセックスが下手なので、よほどこなれた女でなければ中イキさせる技量もないのだが、びっくりしてしまった。そして、世の中の男がなぜあれほどまでにセックスに夢中になっているのか、理解できた気がした。

女を絶頂に導くことは、男に途轍もない自信と満足感を与えてくれるのだ。あの川村清奈を自分がイカせていると思うと、身の底からエネルギーがこみあげてきた。男根が鋼鉄のように硬くなっているのが、はっきりとわかった。

刈谷は生まれて初めて、夢中になって腰を使った。欲望を剝きだしにして、清奈の体をむさぼった。

首を絞めていたので、清奈は意識が朦朧《もうろう》としていた。眼を開いていても、焦点が合っていなかったし、瞳が溺れるくらい涙で潤んでいた。こちらのことはよく見えないだろうと思ったので、本能に忠実に振る舞うことができたのだ。

清奈はイキまくった。刈谷が射精に達するまでに、十回くらいはオルガスムスに達したと思う。最後のほうはイキッぱなしになってしまい、体が痙攣しつづけていた。

刈谷は心に決めた。死ぬ瞬間には、クソみたいな自分の人生を走馬燈のように振り返る必要はないから、イキまくっている清奈を思いだそうと。その中で射精を遂げることができた、あの幸福の絶頂と言っていい感覚を噛《か》みしめながらあの世に行こうと。

だが……。

それはもちろん、ただの幸運ではなかった。清奈ほどの高嶺《たかね》の花が自分のような男に体を許してくれるなんて、本来なら天地がひっくり返っても起こり得ない奇跡のようなものなのだ。

奇跡の裏には、暗色の思惑がぴったりと張りついていた。清奈は刈谷に、自首をしてほしくないのである。やはりと言うべきか、スキャンダルになることを恐れているのだろう。

最近露出が少なくなったとはいえ、清奈は世間に名前も顔も知られている。間接的にでも甘崎の死に関わっていたことが明るみに出れば、ゲスなマスコミの格好の餌食《えじき》になる。

刈谷としてもそれは望むところではなかったし、セックスが始まる前からわかっていたことなので、裏切るわけにはいかなかった。裏切ったら、甘崎と同じレベルのクズに成り下がる。

自首するという選択肢はなくなったのだ。

警察には行かない。万が一向こうからパクりにきても、清奈のことは絶対にしゃべらない。たとえ量刑が重くなろうが、清奈のことだけはなにがあっても守り抜く。

となると、甘崎をツメたニセの動機が必要となるが、シンゴやユータと相談して考えればいい。あのふたりだって、清奈のことは守りたいはずだ。あとはいつガサ入れがあってもいいように、違法薬物を手元に置かないで、身辺の掃除を徹底すること……。


クルマの運転があるので、至福の生ビールは一杯だけで我慢して、DMDに戻った。

時刻は午後九時過ぎ。約束した集合時間は午後十時なのに、シンゴもユータもすでにいた。あからさまに顔色が曇っていた。掃除した店内に対する反応もなく、ふたりとも黙りこくっている。

これから、宇田と江尻がやってくるからだ。しかも、伝えなければならないことがある。甘崎の死は、付き合いのある音楽誌の記者にさりげなく訊いて、裏をとってあった。「あー、〈ブリリアント〉の常務、自殺したらしいねー。やばい筋から金でも借りてたんじゃねえの。知らんけど」。

刈谷も黙りこくったまま、ソファに腰をおろした。シンゴやユータの憂鬱そうな顔を見ていると、至福の生ビールの余韻もどこかに消えていった。

宇田と江尻は本当にやばい人たちなのだ。

C市は昔から治安の悪いところで、不良同士の抗争が絶えなかったのだが、地元で先頭に立っていたのが宇田と江尻だった。負けたという話は聞いたことがない。中学時代にボッタクリバーに殴りこんで相手を障害者にしたことがあるくらい、喧《けん》嘩《か》ひとつとっても普通の不良とはレベルが違う。

現在はやくざである。正式に盃《さかずき》を貰《もら》っているかどうかはわからないが、生態はやくざそのものだ。半グレのように頭を使って金儲《かねもう》けをすることなどいっさい考えず、暴力を背景に金をつくることを生業《なりわい》にしている。蛇のような執念深さで、一度噛みついたら離れない。クルマのナンバープレートを一瞬見ただけで自宅を突きとめたりするから、相手に同情してしまうくらいだ。

刈谷は彼らのパシリのようなものだった。

マリファナをさばくのを手伝わせてもらっている。

本職のやくざは伝統的に、マリファナを扱うのを面倒くさがる傾向が強い。足が早いからだ。植物なので保存がきかないし、取引の額も大きくないので、扱う麻薬はもっぱらシャブである。とはいえ、マリファナの入手ルートももっているから、間に入ってマージンを抜く。さばくのはパシリの役割だ。

刈谷としても、ただ単に顎で使われているわけではなく、旨味があった。刈谷たちのようなタイプの不良は、シャブではなくマリファナを好む。仲間内にさばいているだけで、それなりの儲けになる。

とはいえ普通なら、宇田や江尻のような人間に、声をかけようとは思わなかっただろう。キレたらなにをするかわからない人たちなのだ。

しかし、今回ばかりは特別だった。どれだけリスクを背負っても、泣かせてやりたいやつがいた。

宇田と江尻は暴力沙汰に滅法強く、拉致でも拷問でも手慣れたものだった。実際、彼らの言うとおりにしたら、すべてうまくいった。怪我《けが》をさせたりするのではなく、精神的に追いつめてトラウマを負わせてやりたいとリクエストすると、その通りの舞台を用意してくれた。

言ってみれば、彼らは暴力のプロだった。そういう意味で保険にもなった。自分たちだけで甘崎を拉致していたら、なにかのきっかけで激昂《げきこう》し、本当に殺してしまったかもしれない。宇田と江尻のおかげで、無事に目的だけを果たすことができた。

うまくいっていたのだ。

甘崎さえ死ななければ……。

午後十一時過ぎ、宇田と江尻が店にやってきた。上機嫌だった。

「ようよう、あのおっさん、金持ってきたかい？」

「二千万だったか？　もうちょっと粘れば三千万になったかもしれねえよな」

刈谷から店に来てほしいと告げられたふたりは、すっかり金が回収できると思いこんでいるようだった。彼らが刈谷の話に乗ってきたのは、清奈を傷つけられた憤りでもなんでもなく、金の匂いを嗅ぎつけたからなのだ。

刈谷はカウンターの中に立っていた。シンゴとユータはソファに座っていたが、宇田と江尻は座ろうともしなかった。さっさと金を出せと言わんばかりだ。

刈谷が甘崎の死を伝えると、当然のように顔色が変わった。

「首吊って死んだ？　両手が自由になってるのに？」

「そんな馬鹿な話があるかよ。糞《くそ》漏らしてようが、脚が震えてようが、普通必死になってロープほどくだろ。ほどかなきゃ死ぬんだから……」

「死んだら金がとれねえじゃねえかっ！」

宇田がスツールを蹴飛ばした。ガシャーン、と音をたてて転がった。その音に驚いて、ソファに座っていたシンゴとユータが立ちあがった。

「どうなってんだよ、えっ？　刈谷。このままじゃ、俺らタダ働きだぞ。どうしてくれんだよ」

「マジかぁ……」

江尻がガラス製の冷蔵庫からコロナビールを出し、栓を抜いて飲む。深い溜息をついて、ソファに腰をおろす。眼が据わっている。刈谷もシンゴもユータも、直立不動だ。

「俺はてっきり、この場で二千万受けとれると思ってたぜ。いい仕事したからな。そうだろ？　刈谷。俺らいい仕事したよな？」

「それはそうですけど……この結末は……わからなかったというか……」

刈谷がしどろもどろになると、

「おまえらっ！」

宇田が声を張りあげた。

「いまからパチンコ屋の景品所タタキに行ってこい」

刈谷たちが青ざめると、

「いやいや、ちょっと落ち着け」

江尻が宇田を制した。

「ド素人《しろうと》にタタキなんかやらせても、ソッコーでパクられるだけだ。金の生《な》る木は別にある」

「なんだよ？」

「清奈ちゃんだよ」

江尻の言葉に、刈谷は息を呑んだ。顔から血の気が引いていった。

「元はと言えば、あの子の復讐でやったことだろ？　こうなった以上、責任とってもらうのが筋じゃねえかな」

「なるほどな……」

宇田が脂っこい笑みを浮かべてうなずいた。

「あんだけの上玉なら、二千万くらい楽に稼げるだろうな。一年ばかし、風俗で汗かいてもらえば」

「ちょっと待ってくださいよ」

刈谷はカウンターから出て、ふたりの前に立った。魂までが震えあがって、体ががくしゃくとしか動かなかったが、このまま黙っているわけにはいかなかった。このふたりは、やると言ったら本当にやる。

「清奈先輩に手を出すのは……それだけは勘弁してもらえませんか」

「じゃあどうすんだ？」

「自分が金つくります。危ない橋でもなんでも渡って……」

「なんだよ？　危ない橋って」

「だからそれは……おふたりの命令ならなんでもやるっていうか……」

「おい、刈谷」

江尻が肩をつかんできた。

「それはちょっとばかり虫がよすぎる話じゃねえか？　俺らに仕事の斡旋《あっせん》までしろってことかい？」

「だいたい、テメエ……」

宇田が鼻で笑う。

「それが人にものを頼むときの態度なのか？」

「すいません……この通りですから、清奈先輩だけは……」

刈谷は土下座した。両膝をつき、頭をさげた瞬間、顔面に蹴りが飛んできた。容赦ないサッカーボールキックだった。「ぐわっ！」と声をあげてのけぞると、もう一発、今度は脇腹に蹴りを入れられた。

そこからはもうメチャクチャだった。宇田と江尻、ふたりがかりで蹴りまくられた。意識を失うまで……。

気がつけば、刈谷はソファに横たわっていた。たぶん、シンゴとユータが運んでくれたのだろう。体中が痛みに疼き、とくに顔面はひどかった。痛いうえに、血でヌルヌルしている。

意識を失っていた時間はそれほど長くなかったらしく、宇田と江尻の声が聞こえてきた。シンゴとユータがツメられていた。

「清奈ちゃんに遠慮することなんてねえぞ。あの子はあの子で、復讐が遂げられて満足したんだ」

「だいたい、刈谷はあの子を神聖化しすぎなんだよ」

「モデルなんて、スポンサーとやりまくりだぜ。小学生じゃねえんだから、それくらいわかれよ」

「その鍛え抜かれたオマンコを、ちょっとばかり貸してもらうだけさ」

「カタに嵌《は》めるときは、おまえらもきっちり手伝うんだぞ」

「エロい動画でも撮っちまえば、それでもう言いなりだよ。素人と違って、世間に顔が出てる女だからな。開き直ることもできねえはずだ」

やがて、宇田と江尻の声が聞こえてこなくなった。

帰ったらしい。それでも刈谷は、眼を開けて起きあがることができなかった。シンゴとユータがまだそこにいることは、気配でわかった。ふたりとなにを言いあえばいいのかわからなかった。

ぶるっ、となにかが震えた。ズボンのポケットに入っているスマホだった。

無視してもよかったが、なんとなく嫌な予感がして、体を起こした。シンゴとユータのほうは見ないようにしながら、スマホを確認した。

LINEでもショートメールでもなかった。ヒップホップクルーとしてのDMDは、公式ツイッターを開設している。そこへのダイレクトメッセージだった。知りあいなら、そんな方法で連絡してくるはずがないが……。

——因果応報。今夜、女がマンションの屋上から飛びおりる。

ゾクッと背筋が震えた。アカウントが「amasaki」になっていたからだ。

死んだ甘崎のことか？　あの世からのダイレクトメッセージ？　まさか……。amasakiが甘崎を指すのなら、誰かが甘崎を騙《かた》っているのだ。訳がわからなかったが、無視できなかった。

トイレに行き、鏡を見た。鼻血が大量に出たようで、顔中が血まみれだった。蛇口の水で洗い流した。ただ、刈谷はその日、白いワークジャケットを着ていた。血が盛大に飛び散って、コンビニに入ったら店員に悲鳴をあげられそうな惨状だった。Tシャツは黒だったので目立たないが……。

とはいえ、十一月の寒空の下、Tシャツ一枚で歩くのも嫌で、眼をつぶることにした。

「どこ行くんだよ？」

店から出ていこうとすると、シンゴが声をかけきた。

「ちょっと外で頭冷やしてくる」

刈谷は振り返らずに店を出た。トイレに行くとき、シンゴとユータの顔がチラッと見えた。ふたりとも、この世の終わりのような顔をしていた。

夜道を歩きながら清奈に電話をした。

いまのダイレクトメッセージも気になったが、それ以上に、宇田と江尻の動きを警戒しなければならなかった。清奈が風俗に売り飛ばされるような事態は、命を賭けてでも防ぐつもりでいる。だが、今度ばかりは相手が悪い。防ぎきれないときのために、ガラをかわしてもらったほうがいい。

清奈は電話に出なかった。

時刻はそろそろ深夜零時になろうとしている。

刈谷が夜道を歩く足は、自然と清奈の自宅に向かっていた。一歩ごとに体のあちこちが悲鳴をあげた。肋骨《ろっこつ》が折れていそうだったが、泣き言は言っていられない。

清奈が電話に出ないせいで、にわかに先ほどのダイレクトメッセージが不吉なものに感じられてきた。

悪戯《いたずら》だろうと笑い飛ばすには、「因果応報」という言葉が重い。復讐を匂わせている。復讐のターゲットが自分たち、あるいは清奈であるなら、事の経緯を知っているということだ。

いったい誰が……。

清奈のマンションに着いた。血まみれの白いワークジャケットが気になり、脱いでから部屋の呼び鈴を押した。反応がなかった。ドンドンドン、と扉も叩いてみる。やはり反応がない。清奈がもう寝ているとして、眼を覚ますくらい強く叩いたわけではないが、深夜零時である。騒ぐのは近所迷惑だ。

外出している、という可能性もあった。終電が駅に着くには、まだほんの少し早かった。

待ってみようと思った。電車に乗って遠出をしていなくても、コンビニに買い物に行っているだけかもしれない。

とはいえ、体中が痛くて立っているのもつらく、どこかに座りたかった。内階段を探した。建物内にいれば、Tシャツ一枚でもなんとかしのげる。

そこはオートロックもない古いマンションで、どこも薄暗かった。深夜零時とはいえ、このマンションに住人はいるのか？　と不安になるくらい、静まり返っていた。まるで海の底のようだった。

内階段は見つからず、かわりにエレベーターが目の前に現れた。

――因果応報。今夜、女がマンションの屋上から飛びおりる。

気になって、エレベーターのボタンを押した。そのマンションは八階建てだった。

屋上を示すRのボタンはない。八階で降り、フロア中を歩きまわって、非常口を見つけた。重い金属製の扉はもうずいぶん開閉されていないのか、開けるとギィーッと嫌な音がした。

昔ながらの鉄製の外階段をのぼっていった。屋上に出たが、鉄柵があり、チェーンと南京錠で閉鎖されていた。

ただ、鉄柵は大人の男なら簡単にまたげる高さだった。屋上には、エアコンの室外機が大量に置かれていた。置かれ方が、笑ってしまいそうなくらい無秩序だった。あっちを向いたりこっちを向いたり、一箇所にいくつもまとまって置かれていたかと思えば、なにもない空間がぽっかり空いていたりする。

まるで増改築を繰り返しすぎて、原形を失った家のようだった。このマンションが新築だった時代には、これほどエアコンが普及することを想定していなかったのだろう。だから誰もが自分勝手に、置きたいところに置いた結果がこの有様なのだ。

月が雲に隠れると、笑えないくらい暗くなった。何度も室外機に足をぶつけながら、あたりの様子をうかがった。夜風が急に生暖かくなったような気がして、Tシャツ一枚なのに寒さを感じない。真っ黒い夜空に向かってそびえ立っているクリーム色の給水塔が不気味だった。あり得ないが、そこから誰かに見張られているような気がしてならない。

誰もいない——安堵の溜息をついた瞬間、それは眼に飛びこんできた。

刈谷がのぼってきた外階段とは反対の位置にある鉄柵の外に、人がうずくまっていた。こちらに背中を向けていたが、直感的に女だと思った。いや、清奈だと思った。

髪の長さが同じくらいだし、何度も見たことがあるベージュのコートを着ていたからだ。

刈谷は衝撃を受けた。その瞬間に、すべてを理解した。

清奈の背中から漂ってくるのは、復讐鬼に殺されそうになっている恐怖ではなく、夜の闇に溶けこんでしまいそうな死の匂いだった。自死を覚悟している女の背中に、刈谷には見えた。

「せっ、先輩っ……」

震える声で、言った。手も脚も震えだしていた。

因果応報——ダイレクトメッセージの送り主は、つまり清奈なのか。自死をもってすべてを清算しようという、そういうつもりなのか。

「せっ、先輩っ……ちょっと落ちついてっ……いまそっちに行きますからっ……危ないですからっ……」

刈谷は痛んだ体に鞭を打ち、身を翻して鉄柵の外に躍りでた。

7

清奈はこの三日間、部屋から出ていなかった。

最後の外出が、刈谷とセックスしたあとの、コンビニへの買物だ。

刈谷が帰ってからも三十分くらいは、快楽の余韻が残っていた。五体の肉という肉が痙攣するオルガスムスの記憶を、全身の細胞が反芻《はんすう》していた。そのうち、喉に異常な渇きを感じ、ビールが飲みたくてたまらなくなった。

往復で十分とかからないコンビニに行って帰ってきただけで、セックスの余韻など吹っ飛んだ。

誰かに見られている――それは錯覚ではなく、確信だった。

外を歩いている間、ずっと視線を感じていた。振り返っても誰もいなかったけれど、あきらかに監視されていた。

おかげで、また石油ストーブと向きあう引きこもり生活に逆戻りだった。明日は撮影の仕事が入っているが、こんな状態ではキャンセルするしかないだろう。仕事がなくなり、お金がなくなっていくのも怖いが、いまは部屋から出るのがもっと怖い。

誰かに見られているなんて錯覚に違いないと、いくら自分に言い聞かせてもダメだった。

心あたりがありすぎるのだ。

ここ最近、急激に身のまわりが物騒になった。

甘崎が自殺ではなく他殺と判断されれば、警察が捜査を始めているかもしれない。あるいは、甘崎と繋《つな》がりのある反社会的勢力が復讐に動きだしている可能性もある。最近出所したらしい、ストーカー畠中の存在も不気味だ。彼には恨まれていてもおかしくない。清奈が警察に相談したせいで、結果的に二十数丁の改造拳銃が発見されたからだ。完全な逆恨みだが、ストーカーなんてそもそも頭がおかしいわけだから、まともな思考を期待したって無理だろう。

味方のふりをしている連中だって、一〇〇パーセント信用はできない。刈谷にしろシンゴにしろユータにしろ、いつ裏切られるかわかったものではない。彼ら自体は悪い人間ではない。しかし、三人を操れる立場にいる宇田や江尻の存在が、危険すぎる。

清奈が刈谷の自首を恐れたように、甘崎をリンチした実行犯たちは、清奈が警察に駆けこむのを恐れているに違いない。口止めの必要があると判断されれば、なにをされるかわからない。暴力の匂いを隠そうともしない宇田や江尻にとって、拉致監禁なんて造作もないだろう。

　そういう流れになったら、清奈を待ち受けている運命は悲惨だ。動画で見せられた甘崎へのリンチもひどかったが、女の自分はきっと、もっとむごたらしい目に遭わされる。涙が涸《か》れるまで恥という恥をかかされ、屈辱という屈辱を味わわされて……。

　頭がおかしくなりそうだった。

　正気を失いかけている自覚があった。

　誰とも口をきかず、石油ストーブとばかり向きあっていると、そのうち、部屋の中にいるのに、誰かに見張られているような気がしてきた。部屋中をひっくり返して、監視カメラや盗聴器を探した。何時間もかけてそんなことをしている自分が、自分でも怖くなった。

　こういう場合――もはや本を読んだり音楽を聴いたり動画を見たりするくらいでは気をまぎらわすことができないとき、最終兵器と言っていい現実逃避の方法を、清奈はふたつだけもっていた。

　ひとつは酒を飲んで酔っ払ってしまうことだ。泥酔し、こんこんと眠ってしまうのがいちばんいい。

　しかし、清奈には自宅に酒を買い置きしておく習慣がなかった。刈谷とセックスしたあとコンビニで買ってきた缶ビールなんて、とっくに飲んでしまっていた。もう一度酒を買いに外出する気には、もちろんなれなかった。

となると、残るはひとつ――自慰である。

実のところ、この三日間、清奈は自慰にばかり耽《ふけ》っていた。快楽に浸っているときは頭の中が真っ白になるし、イケばそのまま眠りに落ちてしまうこともできるからだ。

清奈には、自慰に対する抵抗感がない。自分ひとりで効率よく性欲を処理できれば、悪い男に引っかからないですむ。それに、モデルなんてしていると、とくに性欲がこみあげてこないときでも、女性ホルモンを活性化させるために指を使うのなんて日常茶飯事だ。ジムやエステやダイエットだけでは、女は美しくなれない。

しかし、このところ、何度自慰をしても不完全燃焼に終わっていた。いくら指を動かしても、思いきりイクことができない。

理由ははっきりしている。刈谷が与えてくれた、思いがけないほど激しいオルガスムスの記憶が、まだ生々しく体に残っているからだ。

セックスと自慰を比べるなんてナンセンスだと思う。セックスの代替品が自慰ではないし、自慰には自慰のよさがある。

清奈の場合、恋人がいるときのほうが、自慰の回数が増えた。相乗効果で、どちらもよくなる気がする。そのせいなのかどうか、自慰のやり方も大胆になる。ラブグッズを初めて買ったのも、恋人がいるときだった。セックスのときにそれを使われるのは好きではないが、恋人に隠れて自慰に使ってみるとびっくりするほど気持ちがよかった。

ハッと思いついて、箪笥の引き出しを開けた。コンドームの箱の隣にあるタオルをめくると、ヴァイブとローターが姿を現した。

このところ、使っていなかった。もう一年以上恋人がいないので、自慰のやり方もおとなしくなっていた。指だけで充分だったのだが……。

久しぶりにこれを使ってみようか——その思いつきは、部屋に引きこもって鬱々としていた清奈の気分を、にわかに明るくさせた。どうせなら気合いを入れてやってみようと、シャワーを浴びた。体を洗っているときから、鼓動が速くなっていた。

全裸でベッドに横たわった。普段はパジャマのズボンを脱ぐこともないから、自分が途轍もなくいやらしい女になったような気がした。実際、そうなのかもしれない。

ベッドを覆う銀色のシーツの上には、ヴァイブとローターが置かれている。女性が開発したことを売りものにしたスマートなデザインだった。ヴァイブがピンクで、ローターがブルー。どちらも淡いパステルカラーで、欧州産のスイーツのように、甘い香りが漂ってきそうだ。

あお向けに横たわり、右手にローターを持った。スイッチを入れ、まずは手のひらで小刻みな振動を楽しむ。普段はそんなことをしないのに、乳首にあてると、体の芯に電流が走った。

もう少しで声が出てしまうところだった。顔が熱くなった。自慰でもらす声ではなく、セックスのときのような声が出そうになったからだ。

我慢しないほうがいいのかもしれないと思った。シャワーを浴び、全裸でベッドに横たわり、久しぶりにラブグッズまで使うのに、恥ずかしがるなんて馬鹿げている。

もっと大胆になろう——決意を表明するように、空いている左手で胸のふくらみをまさぐった。乳首をつまみ、爪を使ってくすぐる。反対側の乳首には、振動するローターがあたっている。

息がはずみだした。身をよじり、太腿をこすりあわせると、下半身の疼きをはっきりと自覚できた。

あわてて左手でヴァイブをつかんだ。男根をかたどったにしては可愛すぎるフォルムをしたスティックを、口唇に含んだ。ローションももっているが、今日は唾液を潤滑油にしたい気分だった。

そのヴァイブの質感は硬く、人工物特有の舐め心地がする。それがいい。フェラチオも嫌いではないが、フェラとは違う、まぎれもなく自慰に耽っていることを自覚できる。時間をかけてたっぷりと唾液をまとわせていると、まだ触れてもいない下半身が潤んでいくのがわかった。

おずおずと両脚を開いた。顔がさらに熱くなった。恥ずかしかった。誰もいないのに、布団の中にもぐりこもうかと思ったくらいだった。

いや……。

この部屋にはたしかに誰もいないが、素人の自分にはわからない方法で、監視カメラが設置されているのかもしれなかった。たとえばストーカー畠中が、このはしたない自分の姿をじっと見守っているとしたら……。

一瞬、背筋がゾクッとしたが、見たければ見ればいい、と開き直った。股間への刺激が待ちきれないほど昂《たか》ぶっているせいだろう、むしろ見られていると思ったほうが興奮しそうだった。

アニメが大好きで、清奈のコスプレ姿に執着している畠中は、この光景になにを思うだろう？　百年の恋も冷めるだろうか？

くだらない――と胸底で吐き捨てる。わたしはアニメのヒロインじゃない。セックスもすれば、オナニーもする。そういう生身の女と相対できない男は、心の底からくだらない。

「ああぁっ……」

ヴァイブの先端を入り口にあてがうと、声が出た。花びらの合わせ目をなぞるように動かした。予想以上によくすべった。唾液もたっぷりまとわせたが、驚くほど蜜を漏らしていた。自分は発情している、と思った。

しかし……。

自慰は素晴らしい現実逃避の手段だ――とは、残念ながら思えなかった。始める前の期待が大きすぎたのか、いざ肝心な部分にヴァイブをあてたときの歓喜は、予想をはるかに下まわっていた。

さすがに焦った。ここまでやっておいて、中途半端なイキ方しかできなかったら、自分がみじめすぎる。

どうすればいいだろう？

どうすればもっと気持ちよくなれるのか？

ふと思いついたことがあり、自慰を中断してベッドから降りた。

清奈がいままでの人生でいちばん気持ちのよかったセックスは、間違いなく刈谷としたそれだった。あれほど続けざまに、激しいオルガスムスが訪れた経験は他にない。

異性として意識していたわけでもなく、ベッドテクも並み以下だった刈谷の、いったいなにがそんなによかったのか。

首を絞められたからだ。それをされると、清奈は過剰に感じてしまう体質らしい。

「なんか恥ずかしい。わたし、乱れすぎちゃったね……」

事後、いつになく甘い声で刈谷にささやいてしまった。本当は、こんなによかったの初めてだったよ、と言ってやりたかったが、恋人候補でもない男に、そこまで言うことはできなかった。

ただ、気持ちに嘘はなかった。同じ首絞めセックスでも、仲のいい後輩として心を許していたぶん、甘崎のときよりずっと燃えた。

刈谷を見送ったあと、首絞めセックスが気になって、ネットで調べてみた。清奈が思っていたより、その愛好家は少なくないようだった。阿部定《あべさだ》に代表されるような、もっと極北の変態性欲者だけが淫しているプレイだと思っていたのに、そこまでマイナーなものではないらしい。

驚いたのは、首絞めオナニーというものまで存在したことだ。ネットで見たときはさすがに引いたが、いまそれをやってみようと思った。相手が刈谷であっても、首を絞められただけであれほど激しくイキまくることができたのだ。一度さがってしまったテンションが、再び急上昇してきた。

首絞めオナニーのやり方は、こうだった。ドアノブにベルトを通して輪っかをつくり、そこに首を入れ、自分の体重で首を絞めながら性器を刺激する。

気をつけなければならないのは、そのやり方で自殺する人間もいるということだった。清奈は知らなかったので驚いた。ドアノブにかけた輪っかに首を入れたところで、足はおろか、お尻まで床についている。だが、体を傾ける角度によって全体重が首にかかり、死に至ることがあるらしい。

清奈はもちろん死にたくなかったが、死にはしないだろうと思った。

恐怖という観点で言えば、他人に首を絞めてもらうほうが、よほど恐ろしい。巨漢の刈谷に首絞めセックスをねだったとき、内心では冷やひやものだった。彼が興奮し、力の加減ができなくなれば、死に至る可能性もあるからだ。それに比べれば、自分で加減ができる首絞めオナニーのほうが安全だろう。

早速ドアノブにベルトをかけて輪っかをつくり、自分は扉に背中をあずけるようにして、輪っかに首を通した。ベルトの長さを調整したり、座り方を変えてみたり、いろいろ試した。

いちばん安定感があったのは、和式トイレにしゃがむ格好だった。両脚を立てての騎乗位の体勢と言ってもいいが、その状態でヴァイブを入れた。顔が熱くてしようがなかった。いまの自分がどんな姿をしているのか、考えるのも嫌なくらい恥ずかしかった。

しかし、首に体重をかけた瞬間、状況は一変した。苦しくなるまで十秒か二十秒くらいかかったが、脳からどんどん酸素がなくなっていき、意識が遠のいていく感じが、喩《たと》えようもなく甘美だった。

そして衝撃が訪れる。息苦しさが本格的になってくると、腰がガクガクと震えだし、体の芯に痺《しび》れるような快感が走り抜けていった。

清奈は口から涎を垂らしながら、激しくヴァイブを出し入れした。そこまで深く入れたことはないというところまで入れて、電源をオンにした。出力マックスでヴァイブを振動させた。

体の内側を快楽棒で掻《か》き混ぜられている——頭がおかしくなりそうなほど気持ちがよかった。セックスではそういう状態になったことが何度かあるが、自慰では初めてだった。

しかも、相手がいるセックスと違って、自慰であれば快楽も自分でコントロールできる。イキそうになったらヴァイブの挿入を浅くして、オルガスムスを逃せる。自分で自分を焦《じ》らすことができるし、ということは、イキそうでイカないいちばん心地よいところに、延々と留《とど》まっていることができるのだ。

清奈は乱れた。

自慰でこんなにも乱れることがあるのかと驚愕しながらヴァイブを出し入れし、腰まで動かした。漏らした蜜が、床に水たまりをつくっているだろうと思った。胸元には盛大に涎が垂れている。眼の焦点は合わなくなっていた。自分の口からもれている低いうめき声が、地の底から響いてくるようだった。

スマートフォンが鳴った。

電話がかかってきたようだったが、出る気にはなれなかった。

しばらくすると呼び鈴が鳴り、ドアを叩かれたが、その音がはるか遠くに聞こえた。清奈が聞いていたのは、ヴァイブが自分を穿《うが》つ音だった。

もうずいぶんと長い間、オルガスムスを我慢していた。そろそろイキたかった。イケば連続絶頂モードに突入することは、わかりきっていた。いまよりすさまじい快楽が訪れるのかと思うと、体の震えがとまらなくなった。

だが。

いままさにオルガスムスに達しようしたそのとき――。

ドスンッ！　と窓の外で音がした。不吉な音だったし、本当に部屋のすぐ外だった。

それでも、なかなか自慰を中断する踏ん切りがつかなかった。あとちょっとでイキそうなのだ。中断したら、また一からやり直しになる。

とはいえ、さすがに放置できなかった。嫌な予感が胸にひろがっていた。このままイッてもどうせ中途半端だと思い、ベルトの輪っかから首をはずして立ちあがった。肩で息をしながら、バスローブを羽織った。

音がしたほうの窓は、いつも閉めきっている。ここは一階で、その窓は道路に面しているから、カーテンを開けることさえない。

恐るおそるカーテンと窓を開けると、前の道路に人が倒れていた。静まり返った深夜のアスファルトに、ドロリとした灰色のものが散らばっている。

脳味噌《みそ》だった。

清奈は悲鳴をあげた。喉が裂けそうなほど大きな悲鳴を、息が続く限りあげつづけた。

目の前で無残な姿になっていたのは、刈谷だった。

信じられなかったし、信じたくなかったが、巨漢に坊主頭、Tシャツから出た丸太ん棒のような腕にはトライバルデザインのタトゥー。特徴がありすぎるほどある男なので、間違えようがなかった。

第三章　流浪

1

案内されたマンションの部屋は、溜息《ためいき》が出そうなくらい狭く、素っ気ないワンルームだった。

傷だらけのフローリング、日焼けした壁紙、お湯を沸かすことくらいしかできそうもないキッチン、トイレが一緒になっているユニットバス……。

「うちの寮の中でも、ここはまだマシなほうですよ」

案内してくれた片山斗真《かたやまとうま》が言った。

「歌舞伎町周辺だと、仕事とプライヴェートの区別がつかないし、なにかと物騒でしょう？　ここならいちおう住宅街だし、五階建ての五階だから、窓を開ければ見晴らしもいい」

片山は窓を開け、どうぞ、とばかりに清奈に見るようにうながしてきた。建物自体が高台に建っているせいか、五階とは思えないくらい眺望がよかった。中野の住宅街が眼下に見渡せる。

ここは新宿歌舞伎町にある〈トゥルース〉というキャバクラの寮だ。寮というから、てっきり同じマンションに何部屋も借りあげているものだと思っていたのだが、場所がバラバラらしい。

おそらくランクがあるのだろう。窓からの眺望は悪くなかったが、売上ナンバーワンを目指せるような女の子なら、この部屋には案内されなかったに違いない。そう思うと、清奈の表情は曇った。

片山は〈トゥルース〉の従業員――といっても、マネージャーや黒服ではなく、送迎ドライバーだという。清奈が店に特別な条件を出していなければ、彼が部屋まで案内してくれることはなく、鍵を渡されて部屋まで勝手に行け、と言われていたかもしれない。その点に関しては、感謝してもいい。

「つかぬことをうかがいますが……」

片山は浅黒く日焼けした顔に、人懐こい笑みを浮かべて言った。

「ボディガードが必要なんだとか？　誰かに狙われてるんですか？」

「えっ……」

清奈が言葉に詰まると、

「あー、いいです、いいです。詳細は言わなくて。人それぞれ、いろんな事情がありますからね。ただ、俺がその役をやることになったんで、それを言っときたかっただけです」

「……よろしくお願いします」

清奈は頭をさげた。

片山は清奈の顔色をうかがい、

「あー、心配そうな顔している。こんなチビにボディガードが務まるのかって、いまそう思ってるでしょ?」

「いいえ、そんな……」

「いいんですよ、実際、俺はチビだしね」

片山は、靴を履いていない清奈より小さかった。シンゴと同じくらいだろうか。たぶん身長一六〇センチちょっとしかない。ただ、肩幅が異様に広く、服を着ていてもはっきりわかるほど体つきはがっちりしている。

「こう見えて俺、地下格闘家なんですよ。同じ体重のやつには負けたことがありません。ルールなしの喧嘩《けんか》なら、体が倍のやつにだって負けないですね。安心してください」

「はあ……」

「ただまあ、他の子の送迎もあるし、べったりボディガードするわけにもいきませんからね。これ、プレゼント」

包みを渡され、開けた清奈はギョッとした。なんだかよくわからない、ピンク色の物体が入っていた。一瞬、ラブグッズかと思ったが……。

「スタンガンですよ。見た目は可愛《かわい》いですけど、相手の首筋にあてててスイッチを押せば、しばらく動きをとめられます。俺も細心の注意を払いますけど、自分の身を守るのは、最終的には自分ですから。お気をつけて……」

片山はさわやかな笑顔を振りまきながら帰っていった。清奈はなんだか、狐《きつね》につままれたような気分だった。

スタンガンという防犯グッズの存在は知っていた。説明書を読んでみると、先端にふたつある金属の突起の間に、八十万ボルトの電流が流れるらしい。どの程度のものなのか、想像もつかなかった。スイッチボタンを押してみると、バチバチバチッ！　と爆発したような音がして、青白い電流が走った。音の大きさにびっくりし、床に放りだしてしまった。

こんなものを首筋にあてたら、しばらく動きをとめるどころか、気絶してしまうのではないか……。

もうここにはいられない——刈谷が死んだ翌朝、清奈は荷物をまとめてC市を離れた。

得体の知れない恐怖に、体を突き動かされた感じだった。地元警察からの呼びだしにも応じず、滞在していた秋葉原のビジネスホテルまで出向いてもらった。もちろん、よけいなことはなにも言わなかった。警察は刈谷の死を自殺と考えているようだった。

わたしが殺したの？

刈谷はその容姿とは裏腹に、かなりナイーブな男だった。悪く言えば、気が小さかった。そんな彼と、清奈は寝た。自首させないためにセックスした。

刈谷はたぶん、本気で自首したかったのだ。罪を隠して生きることが苦痛だった。良心の呵責《かしゃく》と清奈の板挟みになって、苦しみ悶《もだ》えた。

あの夜、刈谷は午前零時過ぎに、清奈に電話をかけてきた。出なかったが、着信が残っている。ということは、その直後に呼び鈴を押し、ドアを叩《たた》いたのも刈谷である可能性が高い。

話がしたかったのである。

清奈のことはいっさいしゃべらないから、自首させてほしいと訴えたかったのではないだろうか？

だが、清奈は自慰に夢中で対応しなかった。絶望した刈谷は屋上に行き、衝動的にダイブ。まさかそこまで潔い男だったとは思わなかった。清奈としては、娑婆《しゃば》に未練をもたせるために体を許したのに、刈谷は娑婆どころか現世にすら未練を感じず、死を選んだ。

わたしが刈谷を殺した……。

ただし、それが本当に自殺であれば、だ。

清奈の中には、自分のせいではないのではないか、という思いも、もう一方にあった。決して責任逃れではない。罪悪感や喪失感に胸を痛めつつも、その背景に正体不明の恐ろしいなにかを感じていた。

本当は誰かに殺されたんじゃないの？

口に出して言えるほどの根拠は、なにもなかった。ただ、このところ急激に、清奈のまわりは物騒になっていた。邪心や狂気や殺意が、姿を見せないまま闇の向こうで蠢《うごめ》いているような気がしてしようがなかった。刈谷はその犠牲となって、命を落としたのではないだろうか？

それでも、シンゴやユータと連絡をとり、事の詳細についてあれこれ話しあう気にはなれなかった。

地元の人間とは、もういっさい関わりあいたくなかった。彼らからは何度も電話がかかってきたし、LINEも来ていたけど、すべて無視した。

仮初《かりそ》めにも、刈谷は一度体を重ねた男だった。できることなら通夜や葬儀にも参列したかったが、毎晩彼の亡くなった時刻に両手を合わせることで許してもらうことにした。

いまの清奈に必要なことは、身を守り、生活を立て直すことだった。

はっきり言って、お金がなかった。家を飛びだしたということは、別のマンションなりアパートなりを探さなければならないのに、それを借りるための初期費用がない。

もはや、モデルとしての再起などと言っていられない危機的状況であり、早急に住む場所だけでもなんとかしないと、よくてネットカフェ難民、悪ければホームレスにまで堕《お》ちてしまう。

旧知の人間を頼った。大和田克也《おおわだかつや》——新宿歌舞伎町でキャバクラやホストクラブを何軒も経営している。

清奈は四年ほど前、所属事務所に頭をさげられ、彼が経営している〈トゥルース〉という店で一カ月ほどアルバイトをしたことがあった。〈トゥルース〉は現役モデルやその卵が在籍していることを売りにしていたので、大和田が事務所に頼みこんだのだろう。清奈はたとえアルバイトでも水商売などしたくなかったが、内装が超ゴージャスな高級店だったし、待遇も悪くなかったから、それなりに楽しい一カ月を過ごした。

大和田にLINEを入れると、店に来てほしいとレスがきた。即レスだったので期待して出かけたが、世の中はそんなに甘くなかった。

「そうねえ、昔のよしみで雇ってあげてもいいけど、条件があるよ。モデルをやめて、店に専念できるかい？」

清奈はショックを受けた。条件そのものは、ある程度覚悟していた。フリーでモデルを続けることに、限界を感じていた。きっとこのあたりが潮時なのだ。おまけに、身の危険まで感じている。そんな状況で、表に出る仕事はもう無理だろうと思っていた。

ショックを受けたのは、大和田の態度のほうだった。

甘いマスクで細身のスーツを着こなし、いかにもやり手の実業家然とした男なのだが、四年前は柔和な笑みを絶やさなかった。ちやほやされた、とまでは言わないが、かなり大事に扱われていた。

それがいまや、話をするときの表情は硬く、ひどく面倒くさそうで、眼《め》さえろくに合わせてくれない。

理由はあきらかだった。四年前の清奈は二十一歳で、モデルとして売れていた。現役モデルとしてキャストの目玉だった。

現在は二十五歳。モデルというより、元モデルと言ったほうがいいほど、メディアにほとんど露出してない。

商品価値がさがったのだ。〈トゥルース〉はキャストの平均年齢が低いので、二十五歳という年齢も引っかかっているのだろう。

とはいえ、清奈にもプライドがあった。

母がホステスだったので、もともと水商売を毛嫌いしていた。にもかかわらず、いざお金に困ったら他の仕事が思いつかなかった。悔しいけれど、清奈のキャリアでは普通の会社には就職できそうもない。運良く拾ってもらったとしても、たいして稼げない。

だからこそ、キャバクラで働くなら一流の店がよかった。高級店以外では働きたくなかった。自分を安売りすることは絶対にできない。

「モデルはやめてお店に専念いたしますので、どうか雇っていただけないでしょうか」

清奈が深く頭をさげると、大和田は満足そうに笑った。しかし、清奈が言葉を継ぐと、彼の表情はすぐにまた険しくなった。

「ただその……こちらからも条件、というほどのことでもないんですが、ご相談に乗っていただきたいことがありまして……」

清奈はまず、すぐに住める寮に入りたいと頼んだ。〈トゥルース〉に寮があることは知っていた。地方からモデルやタレントを目指して上京してくる女の子を、大和田は積極的に受け入れていた。

そしてもうひとつ、ストーカーにつけ狙われているので、ボディガードのようなことをしてもらえる人はいないか、と相談した。

「寮はまあ、空いている部屋があるからそこに入ったらいいけど、ボディガードねえ……」

大和田は苦虫を嚙《か》みつぶしたような顔になった。

「ひとりのキャバクラ嬢にそこまでするような店、いまどきどこにもないよ。あっ、ナンバーワンなら話は別だよ、ナンバーワンなら。キミ、売上トップになるような意気込みで働けるのかい？」

「……頑張ります」

「じゃあまあ、専任のボディガードは無理だけど、送迎ドライバーに丁重に扱うよう言っておくよ。いまのところうちにできるのはそれくらいだけど、それでいいかい？」

「はい」

清奈はうなずいた。いちおうこちらの条件をふたつとも呑《の》んでもらえたので、首尾は悪くなかった。

とはいえ……。

まるで独居房のような中野のワンルームマンションにひとりでいると、後悔や不安ばかりがこみあげてきた。急激な生活の変化に心が追いついていかなかった。

モデルをやめる……。

それがやはり、いちばん大きな決断だった。切りつめた生活に耐え、東京を引き払ってまで再起に向けて頑張ってきたのに、本当にやめてしまっていいのかと、もうひとりの自分が言う。

しかたがない、と清奈は溜息をつくしかない。

再起に固執したところで成功する見込みはないし、あがけばあがくほど甘崎のような卑劣な男に足元を見られるだけなのだ。その甘崎も死んでしまったことだし、いつまでも恨んでいたら前に進めない。ここは気持ちを切り替えて、キャバクラの仕事を頑張るのだ。

頑張ってお金を貯《た》めて、まずはC市のマンションをリフォームする。賃貸に出せば、多少なりとも定期収入が見込める。自分でリフォーム代を出せば、母だって文句は言わないだろう。

賃貸収入で経済基盤が整ったら、海外にでも行ってしまえばいい。誰も自分を知らないところで、一から新しい人生をやり直すのだ。モデルをやめても、人生は続く。かならずやり直せる……かならず……。

2

水商売をナメていたわけではない。

それなりにシビアな世界であることはわかっていたつもりだが、甘かった。清奈にはどこかに、いままで生きてきた業界より厳しいはずがないという思いこみがあったのだろう。とんでもない話だった。ここまで自分が通用しないとは思わなかった。

〈トゥルース〉のキャストは、まず若い。だいたい二十歳か二十一歳で、下手《へた》をすれば未成年が逆サバを読んでおり、二十五歳の清奈は最年長だった。年齢を言わなくてもそうだとわかるほど、見た目からして差があった。

若ければそれだけで男にモテるし、これからの人ということでもある。モデルでもアイドルでもタレントでも、その卵たちには日の出の勢いと輝きがある。夢見るような瞳をして、実際に夢を語ることができる。

それに引き替え、清奈はすでに下り坂さえ下りきった、黄昏《たそがれ》色のモデル崩れなのだ。客がどちらを選ぶかは、言うまでもない。

もちろん、例外はある。二十三、四歳で、ルックスも凡庸なタイプが中にはいたが、そういう子は例外なく抜群のトークスキルの持ち主だった。

モデルをやめたばかりの二十五歳に、ずっと年上の男性客を喜ばせる話術なんてあるわけがない。四年前はトークスキルで悩んだりしなかった。テレビコマーシャルやキャンペーンガールで顔が売れていたから、客はたいてい清奈のことを知っていた。質問攻めに対応していればそれですんだ。

自分はこの店のキャストとして二重苦、三重苦だと思いながら務める接客は、苦行のようなものだった。四つも五つも年下の若い子がちやほやされているのを尻目に、それしかすることがないので淡々と酒をつくっていると、黒服に呼びだされて、もっと真面目《まじめ》に働いてくれと説教される。

どうすれば指名がとれるのかわからず、苦しまぎれに露出度の高いミニドレスを着ていったら、店の格調を落とすような格好はやめなさいと、今度はマネージャーから説教だ。

そんな清奈に、まわりの子たちが向けてくる視線は冷たかった。おばさんは引っこんでて、とどの顔にも書いてあった。これが落ち目の現実か、とトイレに入るたびに泣いていた。

最初の一週間が、本当に長かった。店をやめれば住むところがなくなるという足《あし》枷《かせ》がなければ、きっと一日でやめていただろう。

そんな中、唯一の救いと言っていいのが、送迎ドライバーの片山だった。〈トゥルース〉の営業時間は深夜二時まで。閉店になると、客とアフターに行く人気嬢は別として、キャストの大半は何台かのミニバンに分乗して送られる。清奈はかならず片山のクルマに乗り、降りるのはいちばん最後だった。

送りは普通、クルマが停《と》めやすい路上で降ろされるものだが、片山はクルマを一緒に降りて部屋の前まで来てくれるし、マンションのまわりに不審者がいないかもチェックしてくれる。ひとりで買物に行くことを控えているから、途中でコンビニに寄ってもらうことも多い。そのため、清奈がクルマを降りるのは最後なのである。

大和田がそこまで細かく指示を出しているとも思えないので、おそらく片山の意志によるものだろう。ありがたい話だった。

〈トゥルース〉に入店して地獄の一週間が過ぎた、ある日の帰り道。

「いつもありがとうございます」

清奈は改まった口調で片山に礼を言った。他のキャストの姿はすでになく、片山とふたりきりだった。清奈は二列目のシートに座っていた。

「おかげさまで、ストーカーに見張られてるんじゃないかって、びくびくすることはなくなりました。毎日助かってます、本当に……」

実際には、心はまだ不安に揺れていたけれど、彼にはやる気を維持してもらわなければならなかった。そのために、過剰に喜んでみせたのだ。

クルマが信号で停まると、片山は振り返り、

「俺、バウンサーになりたいんですよね」

やけに瞳を輝かせながら言った。

「バウンサーって？」

「六本木とかの大箱のクラブで、セキュリティをやってる人。クラブが独自に雇ってる場合もあるし、それ専門の会社もあって……」

清奈は内心で首をかしげた。六本木のクラブのセキュリティといえば、二メートルの黒人がやるような仕事ではないのか？

「やっぱ盛り場の治安維持って大事だと思うんですよ。昔はやくざがそういう係だったんでしょうけど、もうそういう時代じゃないし……」

地下格闘技の経験を活《い》かし、やくざのかわりになりたいらしい。

「だから、ボディガードとかって、すげえ燃えるんですよ。クラブのバウンサーより、もっと格上な気がして」

護衛しているのが要人なら、そうかもしれないが……。

少しとぼけたところのある片山だったが、清奈は常に最後までクルマに乗っているので、必然的によくしゃべるようになった。

店のルールでキャストとドライバーの会話は禁じられているが、ふたりきりなら誰にバレるわけでもない。

話すたびに、片山の好感度はあがっていった。

すでに三十歳らしいが、小柄な容姿と日焼けした肌、短く刈りこまれた髪のせいで、少年っぽい清潔感があった。なにより、いつも笑顔を絶やさないところがいい。その笑顔に、何度癒されたか知れない。

十二月に入ると、店も歌舞伎町という盛り場も、いつも以上に活気を帯びてきた。年末のかき入れ時、酒場はどこも意気軒昂《いきけんこう》で客を迎え入れるし、客は客で年忘れの宴席を楽しむのに余念がない。

店が盛況でも、清奈の指名数は相変わらずふるわなかった。おかげで、店での役割が定着してきた。他のキャストが席につきたくない客の席につくという、まるでありがたくない役割だった。

女の子の嫌がる困った客の筆頭は、まず泥酔客。そして、ボディタッチの激しい客だ。清奈にしても、どちらも願い下げだったが、指名がとれないのだからそういう客の相手をするしかない。

毎日、体を触られた。

手を握られたり、太腿《ふともも》を撫《な》でられることが、我慢できないくらい気持ち悪かった。

「ここの感触って、その人のおっぱいの感触と一緒らしいよ」と二の腕の肉をつまれると、歯を食いしばって怒りをこらえなければならなかった。清奈の二の腕は細いから、暗に貧乳を揶揄《やゆ》されたような気がしたのだ。

立ちあがった瞬間にヒップを触られたこともあるし、泥酔したふりをして乳房を揉《も》んでくる客もいた。それはさすがに黒服がとめに入ってくれたが、客はニヤニヤ笑っているばかりだった。ここが電車の中であれば、駅員に突きだされてもおかしくない犯罪行為をしているのに……。

心が削られた。

いくら生活のためとはいえ、ここまでされなければならないのかと憤った。

もちろん、酒場でのことだから、調子に乗ってしまう客だっているだろう。多少のことは大目に見る必要がある仕事なのは理解しているし、楽しい酒に水を差すほど野暮でもない。

しかし、清奈は困った客専門のポジションなのである。毎晩毎晩、どのテーブルについても、屈辱的なセクハラ発言と激しいボディタッチの連続なのだ。もし客の手に泥がついていたら、店が終わって帰路に就くころ、清奈の体は例外なく泥まみれなのである。

心が壊れはじめた。

すがりつけるものがあるなら、なんであってもすがりつきたかった。

「あのう……」

ある日の帰り道、クルマの中で片山とふたりきりになると、清奈は切りだした。二列目のシートから身を乗りだし、運転席の片山に小声で言った。

「ちょっと相談があるんですけど……」

「なんですか？」

運転中の片山は、振り返らずに答えた。声は明るく、軽快にはずんでいた。いつものことだ。

「わたしの部屋、盗聴器が仕掛けられている気がするんですよ」

「えっ？」

一気に声が険しくなった。

「さすがに、それはないでしょ。オートロックで管理人も常駐してるし」

「そうですけど……」

「店はそんなことしませんよ。みんなそんなに暇じゃない」

「わかってます……」

「もし清奈さんを狙い撃ちで盗聴してるとすれば、清奈さんが引っ越してから誰かが部屋に侵入したことになる。空き巣みたいなものです。あり得ないんじゃないかなあ」

「でも、五階建ての五階じゃないですか？　最上階って、逆に人に侵入されやすいってネットで読んで……屋上から降りるだけっていうか……」

片山が押し黙ったので、清奈の顔は熱くなった。

「わかってるんですよ、わたしだって！　たぶん思いすごしだろうって！　でもなんていうか、一度疑いだすと不安で不安で……片山さん、部屋の中を見てもらえませんか？」

「俺がですか？」

「わたし、配線とかすごく苦手で、どこ見ていいかわからないし……」

「俺も得意じゃないですけど……まあ、それで気がすむなら、ちょっと見てみましょうか」

清奈の心臓は、にわかに早鐘を打ちだした。静まり返った深夜の道路を走っているクルマの中で、鼓動だけがうるさいくらいに高鳴っていった。

部屋に着いた。

ここで片山とふたりきりになるのは二度目だった。一度目は、引っ越す前に案内されてきた。狭いワンルームはガランとしていたが、いまは違う。

ベッドがある。

安物だがセミダブルだ。おかげで、狭いワンルームがますます狭くなった。床には小さな食卓が置いてあるが、並んでいるのは化粧品ばかり。レンタルしてきた色とりどりのドレスが壁のあちこちにかけられて、ピンチハンガーにはタオルまでぶらさがっている。まるで田舎《いなか》芝居の楽屋のようだ。

恥ずかしかったが、清奈は別のことに気をとられていた。

片山は立ったまま腕組みし、ムスッとした顔で下を向いている。盗聴器を探す素振りも見せない。なんだか様子がおかしい。

「灯《あか》りはつけたままでいいんですか？」

こちらを見ずに、ボソッと言った。部屋には蛍光灯がついていた。

「はっ？　灯りってなんのこと？」

「明るい中でセックスするんですか、って訊《き》いてるんですよ」

清奈は息を呑んだ。

「盗聴器なんて嘘《うそ》でしょ？」

片山がこちらに迫ってきたので、清奈は後退《あとずさ》った。といっても狭い部屋だ。すぐに背中が壁にあたった。

「セックスがしたいならしたいって、素直に言ったらどうなんですか？」

清奈は身をすくめた。片山は自分より小さな男だった。にもかかわらず、脚が震えだしてしまう。図星を突かれたから、だけではなかった。片山の形相が、険しすぎたからだ。

眼光が鋭かった。研ぎ澄まされた刃物のような眼をしており、その眼で睨《ね》めつけられると、言葉を返すこともできないくらいの圧力を感じた。いつも笑顔を絶やさない男だけに、ギャップの激しさが恐ろしさを煽《あお》る。

地下格闘家で、同じ体重の相手には負けたことがない――嘘ではなさそうだった。眼つきだけではなく、体からも殺気がみなぎりだす。人を痛めつけるために鍛え抜いた、小さくても肩幅が広くて分厚い体……。

「どうなんですか？　セックスがしたかっただけなんでしょう？　部屋でふたりきりにさえなっちゃえば、簡単に誘惑できるって思ったんでしょう？」

清奈は唇を嚙みしめながら、首を横に振った。こんな状況でも虚勢を張りたがる自分に、気が遠くなりそうになった。

「俺の前任のドライバーは……」

　右手が伸びてきたので、清奈はビクッとした。首をつかまれた。小柄なくせに、手はひどく大きかった。

「キャストに手を出して馘《くび》になったんですよ。もちろん、馘になる前に、たっぷりとヤキを入れられてね。ふたつある睾丸《こうがん》のひとつを潰されたって話です。俺にも同じ目に遭えっていうんですか？」

　首をつかんでいる右手に力がこもる。片山にとっては、たいした力ではないのかもしれない。だが、清奈は呼吸ができなくなった。この男は女の細首など簡単にへし折ることができる――確信が背中に冷や汗を流す。

「どうなんですか？」

　睨《にら》みつけられても、息もできないのだから、言葉なんて返せない。

　清奈は店のキャストで、片山は送迎ドライバーだった。暴力を振るわれることは絶対にないと頭ではわかっていても、体の震えがとまらなかった。本能が、緊急事態を知らせるサイレンを鳴らしていた。助けてくださいというメッセージを込めて、片山を見た。刃物のような眼が光った。殺してやるというメッセージが返ってきた。恐ろしさに視界が涙でぼやけていく。

　ふっ、と片山の右手から力が抜けた。清奈はあわてて息を吸いこんだ。腰が抜けそうになったが、しゃがむことはできなかった。片山の右手はまだ首を押さえていたし、両脚の間には彼の膝があった。

清奈は涙で潤んだ眼で片山を見た。彼の眼光は鋭くなっていくばかりだった。メチャクチャにしてやろうか、という心の声が聞こえてくるようで、清奈は本格的に泣きそうになった。

「やっ、やさしくして……」

蚊の鳴くような声を、なんとか絞りだした。

「どういう意味ですか?」

「……抱いても……いい……から」

「なんですか、それは? それじゃあまるで、こっちが迫ってるみたいじゃないですか?」

「やっ、やさしく……抱いて……ください……」

「セックスしたいんですか?」

清奈はコクコクとうなずいた。もう虚勢を張ってはいられなかった。とにかくその怖い眼をやめてほしかった。

「ハッ、やっぱりそういう魂胆だったんだ。でもね、嘘つきにはやさしくなんてできないよ」

片山が首から手を離し、一歩後退った。途端に清奈は、崩れ落ちるようにしゃがみこんだ。ハアハアと肩で息をした。心臓が胸を突き破りそうな勢いで鼓動を打っていた。

3

頭の上で、カチャカチャと音がした。ベルトをはずす音だった。顔をあげると、片山がズボンとブリーフをおろすところだった。

ペニスがぶうんと唸《うな》りをあげて反り返り、清奈は一瞬、呆気《あっけ》にとられた。眼を丸くしながら、何度も瞬《まばた》きをした。

見たこともないくらい、大きなペニスだった。長く太いだけではなく、エラの張りだし方や血管の浮きあがり方も禍々《まがまが》しい。色の黒さと相俟《あいま》って、すさまじい迫力である。

見とれてしまった。そのペニスには迫力とともに、女を見とれさせる造形美があった。ペニスをこんなにも美しいと思ったのは、たぶん初めてだ。美しいと思う対象とすら、考えたことがない。

だが、うっとり見とれている場合ではなかった。片山に頭をつかまれると、背筋に戦慄が走り抜けていった。

こんなに大きなもの、わたしの口に入るの？　こわばりながら震えている唇を強引にこじあけられ、ペニスは侵入してきた。生易しいやり方ではなかった。ただでさえ大きなものを、いきなり根元まで埋めこまれた。

清奈は息ができなくなり、条件反射のように涙がこぼれ落ちた。必死に鼻で息をしようとすると、鼻水が垂れた。それでも片山は、容赦なく腰を使ってきた。ペニスを出し入れしてきたのである。

まるで顔を犯そうとしているようだった。限界まで口をひろげ、涙と鼻水を流している清奈には、為《な》す術《すべ》がなかった。ペニスの先端で喉奥を突かれるたびにえずきそうになり、けれどもえずくことができないくらい呼吸が苦しく、火を放たれたように顔が熱くなっていく。

これが嘘をついた代償なら、甘んじて受け入れるしかないのかもしれない——薄れゆく意識の中で、清奈は思った。

部屋に盗聴器がつけられている気がしているのは、嘘ではない。

刈谷が死んで以来、いや、彼らが甘崎にリンチをした動画を見せられたあたりから、清奈はいつだって盗聴、監視、尾行の不安に駆られている。片山がボディガードをしてくれるようになって多少は薄らいだものの、不安がまったく消え去ったわけではない。

だが、部屋に招き入れたのには下心があった。セックスがしたかったわけではない。するつもりがなかったとは言わないが、性欲を満たしたかったのではなく、片山に甘えたかったのだ。

誰かに甘えたかった。こんなにも人恋しいというか、ひとりでいることに淋《さび》しさを覚えたのは、成人してから初めてかもしれない。

街はクリスマスシーズン真《ま》っ只中《ただなか》なのに、清奈は尾行を恐れて、仕事に行く以外は狭いワンルームに閉じこもっている。仕事に行けば、満員電車で痴漢に遭うよりひどい目に遭う。籠の鳥だって、もう少し幸せなのではないか……。

誰かに慰めてほしかった。片山の笑顔だけでは、もう足りなかった。笑顔の先にあるものが、欲しくてたまらなかった。慰めてくれる代償に体を求められるなら、それはそれでよかった。ベッドの中で尽くせるだけ尽くしてもいいから、この荒《すさ》みきった心をやさしく包みこんでほしい……片山ならできるはずだと思った……片山なら……片山なら……。

「……あふっ」

意識が途切れる寸前、口唇からペニスが抜かれた。清奈は激しく咳《せ》きこんだ。片山は休む時間も与えてくれず、腕を取って立ちあがらされた。向かった先は、ユニットバスだ。洗面台に両手をつかされた。

「いやっ……」

鏡に映った自分の顔を見て、清奈はたまらず眼をそむけた。涙と鼻水と涎《よだれ》で、ぐしゃぐしゃになっていた。今日は片山を誘おうと決めていたから、店を出る前に直したメイクも台無しだ。

「よく見てみろよ、嘘つきの顔を……」

片山は、清奈の後ろに立っていた。光沢のある銀のドレスに包まれた胸を、両手でまさぐってきた。

声が出てしまった。サイズは控えめでも、清奈の乳房は敏感だった。正確には、乳首がとびきりの性感帯だった。銀のドレスはオフショルダーなので、ブラジャーはしていない。ドレスの内側に薄いパッドが入っているだけだから、よけいに感じてしまう。

「ちょっと触られただけで腰くねらせて、そんなに欲求不満なのかい？」

「違うっ！」

清奈は激しく首を横に振り、乱れた髪をさらに乱した。

「わっ、わたしはべつに……誘惑しようとか、そういうつもりで部屋に入れたんじゃない……ただ、片山さんと仲よくなりたかったの……」

「セックスがしたかっただけだろう？」

「そうじゃなくて、好きだから……片山さんが……好きだから……」

片山が背中に密着していたので、清奈は振り返ることができなかった。鏡越しに片山を見ていた。必然的に、自分の顔も見えた。

胸を揉みくちゃにされながら、号泣していた。本音を口にしたら涙をこらえきれなくなった。いくらこちらが好いたところで、こんな無様な告白しかできない女は、好きになってもらえないだろうと思った。

片山は言葉を返してこなかった。清奈を前屈《まえかが》みにさせて、ドレスの裾をまくってきた。鏡を見なくても、どんな下着を着けているのか覚えていた。赤いレースのハイレグだ。生地は透けて、後ろはTバック……。

死にたくなった。今夜体を重ねるであろう片山へのサービスのつもりだったが、見当違いも甚だしかった。片山はたぶん、そういう女が好きじゃない。欲求不満と蔑まれるだけだ。

清奈はきつく眼をつぶりつづけていた。鏡を見るのが怖かった。片山がどんな顔をしているのか、知りたくなかった。

片山は黙したまま、ストッキングとショーツをめくりおろした。股間が急に涼しくなり、清奈の心臓は縮みあがった。

指が内腿を這《は》ってきた。肝心なところに触れられる前なのに、自然と両脚が開いていく。

軽蔑されると思ったが、もうどうだってよかった。先ほど口の中を埋め尽くしていた長大なペニスで、乱暴に犯してほしかった。ボロ雑巾のようにズタズタにして捨てていっていただければ、それでけっこうだった。

ところが、片山はなかなか入ってこなかった。やたらと繊細な手つきで、内腿と性器のまわりだけを丁寧に愛撫《あいぶ》してきた。それだけで腰が動いてしまうくらい、上手な触り方だった。

清奈は歯を食いしばり、両手の拳を握りしめて、腰を動かすのを我慢しようとした。無理だった。そのうち両脚まで震えだした。先ほど震えていたのは恐怖のためだが、今度はいやらしい期待で……。

「ひっ……」

ヒップをぐっとひろげられた。後ろの穴が、剝《む》きだしになっているはずだった。そこに視線を感じた。先ほど睨まれた刃物のような眼を思いだすと、脚の震えが全身に波及していった。もっとも隠しておきたい恥部に白刃をあてがわれたような恐怖と、それを上まわる圧倒的な興奮。

この男は、いったい何者なのだろう？　この自分に、なにをしようとしているのか？　視線が、後ろの穴から前の穴へと這ってくる。花びらの色艶を見定められている。

執拗《しつよう》に見つめられていると、心が千々に乱れていった。ただ単に恥ずかしいとか、そういうことではなかった。この宙吊《ちゅうづ》り状態が耐えがたいのだ。片山が自分のことを抱きたいのか抱きたくないのか、それがわからない。女の恥ずかしいところを凝視して欲情しているのか、それとも嘘をついた代償に辱めようとしているだけなのか……。

恐るおそる薄眼を開けると、まばたきも呼吸もできなくなった。

いつの間にか、片山は全裸になっていた。筋肉の塊がそこにあった。短く刈りこまれた髪と浅黒く日焼けした肌のせいで、まるで全身がそそり勃《た》った男根のように見えた。

清奈が前屈みになっているせいもあるのだろう、自分より小さいはずの片山が、ずっと大きく見えた。すごい存在感だった。

おののく清奈の後ろに、片山はしゃがみこんだ。再び、ヒップをぐっとひろげられた。今度は視線だけではなく、吐息も感じた。顔の位置が、さっきより近いのだ。

「覚悟はあるんですね？」

ひろげた性器に向かって、片山は言った。

「紳士面していても、大和田さんの正体は半グレだ。やばい仲間もいっぱいいる。あんたと寝たことがバレれば、俺はマジで睾丸を潰されるか、それ以上のことをされるでしょう。わかっていても抱かれたいですか？」

「……あっ、あなたはどうなのよ？」

震える声で、清奈は訊《たず》ねた。訊ねないわけにはいかなかった。

「それでもわたしを抱きたいの？　エッチしたいの？」

「したいと思ってなけりゃ、最初から部屋にはあがりませんよ」

清奈は甲高い声をあげた。生温かい舌が、花びらの合わせ目を這ってきたからだった。

「俺は……俺こそ清奈さんにひと目惚《ぼ》れだったんだ。でも、大和田さんには恩義がある。商品に手を出すようなゲスな真似《まね》は絶対にできない。だから、一生懸命ボディガードを務めようと思いました。清奈さんは知らないと思いますが、俺は毎日、この部屋の灯りが消えるまで、外で見張ってました。不審者がいないかどうか……」

片山は言いながら舌を使い、花びらをめくった。尖《とが》らせた舌先をくなくなと動かしながら、中まで入ってきた。

清奈は身をよじってあえいだ。敏感な内側の粘膜に、舌の刺激がひどく染みた。

だがそれ以上に、彼の言葉が心に染みていた。感極まって少女のように泣きじゃくってしまいそうだった。

「だからこそ、欲求不満解消の相手をされるのは、我慢ならなかった。清奈さんが

もしそのつもりだったなら、メチャクチャにしてやるつもりだった……」

「メッ、メチャクチャにしてください……」

涙を流しながら、清奈は言った。

「わたしがいけなかったんです……最初から素直に、甘えさせてほしいってお願い

していれば……好きだから側《そば》にいてほしいって……」

片山は立ちあがった。険しい表情をしていた。殺気とは似て非なる、怖いくらい

の欲情が伝わってきた。

長大なペニスが後ろから入ってきた。清奈の中は、恥ずかしいほど潤みきってい

た。獣の咆哮《ほうこう》じみた悲鳴をあげた。結合されただけで、軽いエクスタシーに達して

しまった。

4

人間というのは不思議なものだとつくづく思う。

一年ぶりにできた恋人の存在が、清奈の生活を劇的に変えた。恋愛初期の麻薬的な多幸感に久しぶりに酔っていたし、愛し愛される実感に身も心も満たされていると、次々と副産物も生まれた。

店では相変わらず困った客をあてがわれ、セクハラやボディタッチに悩まされていたが、場内指名がポツポツと入りはじめた。いままで一本もなかったのに、日増しに増えていったので、マネージャーや黒服が驚いていた。

清奈としても望外の喜びだったが、理由ははっきりしている。自慰でも女性ホルモンを活性化することができるが、心までは満たされない。その点、恋愛は身も心も活性化される。

鏡に映った自分の姿が、日増しに美しくなっていくのを感じた。フェロモンが出てるってこういうことを言うのね、と自惚《うぬぼ》れてしまうくらい、色香が増していった。そうなると、店内最年長というビハインドはアドヴァンテージに変わる。オセロの黒い盤面が、白にひっくり返っていくようなものだ。「あの色っぽい女を呼んでくれ」という客が続出し、清奈はしなをつくって期待に応えた。

トークスキルのない清奈にとって、「色っぽいキャラ」は大発見だった。言葉のキャッチボールではなく、ただセクシーに振る舞っていればいいのだから、楽なものだった。眼福に応えるテクニックならモデル時代に培ったし、露出度の高いドレスを着なくても、いまは内面から滲《にじ》みだす色香がある。

指名が増えれば自然と、困った客につかされる機会も減っていった。

店が閉店になってからアフターに連れだされることも珍しくなくなり、そうなると片山との逢瀬《おうせ》がなくなってしまうのだが、それはそれで悪くなかった。忙しいほうが恋は燃えあがる。会えない時間が愛を育てる。一日会えない日があれば、翌日にはいつもの倍、情熱的に愛しあえばいい。

すべてが好循環の軌道に乗った感じだった。

アフターのない日は、朝まで片山と一緒に過ごした。彼の身長が低いことは、全然気にならなかった。並んで街を歩くシチュエーションがなく、セックスばかりしていたからだろう。正常位でもバックでも、女の体は普段の半分に折りたたまれる。片山はびっくりするくらいセックスがうまかった。身も心も蕩《とろ》けそうになるほど、極上の快楽を与えてくれた。オルガスムスを追いかけることに没頭していれば、怯《おび》えている暇もない。盗聴、監視、尾行への不安は、自然に消えていった。

清奈は片山に夢中だった。

最初に「好き」だと言ったときは、本当にそうなのかどうか、自分でも半信半疑だった。もちろん、好感はもっていたし、もっと仲よくなりたいとも思っていたが、ここまで夢中になるとは思わなかった。あのときは正直、ああでも言わなければ収拾がつかなかった。片山の怒りを鎮めるために、「好き」だと口走ってしまった部分のほうが大きいかもしれない。

あとからふたりであのときのことを回想し、ゾッとしたことがある。

その日は、他のキャストの送りをすべて終えたあと、表参道や渋谷のイルミネーションを見にいった。

日付が変わり、クリスマスイブになった夜だったからだ。エルメスのスカーフをプレゼントされたのも嬉《うれ》しかったが、まわりに秘めた関係ゆえ、普段はデートなどできないふたりだった。イルミネーションを巡るドライブが、なによりのプレゼントだった。

有頂天になった清奈は、信号待ちの車内でキスしてしまった。その日は後部座席ではなく、助手席に座らせてくれたからだ。運転している片山の太腿に、ずっと手を置いていた。家に帰るのが待ちきれない感じだった。片山は全身が筋肉の塊だから、太腿もとても硬い。それに触れていると、どうしたって彼の長大なペニスを思いだしてしまう。

片山は、女の欲情を見逃すような男ではなかった。部屋に帰るなり、服を剝ぎとられた。

「清奈があんまり色っぽいから、運転しながら勃っちゃいそうだったよ」

そんなことをささやきながら、甘い雰囲気で抱いてくれた。雰囲気は甘くても、ペニスはすさまじい存在感で清奈の体を支配した。

何度となくオルガスムスに達し、片山も射精を遂げたが、夜はまだ続いていた。まだ眠りたくなかった。片山も同じ思いのようで、布団の中でイチャイチャしていた。

調子に乗った清奈は、つい軽口を叩いてしまった。

「ねえねえ、最初にしたとき、わたしがただエッチしたくて誘ったとしたら、どうしようと思ってたの？」

「メチャクチャにしようと思ってたよ」

横から抱き寄せられ、顔をのぞきこまれた。眼つきが急に真剣になったので、清奈はちょっとドギマギした。

「男の純情を踏みにじるビッチには、それ相応の罰が必要だ……」

片山は、枕元からあるものを取った。彼から最初にプレゼントされた、ピンク色のスタンガンだ。

「こうしてやるつもりだった」

スイッチボタンを押し、バチバチッ！　と青白い電流を走らせる。

「きっ、気絶させるつもりだったの？」

清奈は笑いながら言ったが、頬は思いきりひきつっていた。

「そうだな……」

片山はスタンガンの先端にある突起を、清奈の乳首にあてた。

「この状態でスイッチを押そうと思った」

清奈は笑うしかなかった。たぶん、泣き笑いのような顔になっていただろう。

「気絶したら水ぶっかけて眼を覚まさせて、今度はこっち……」

逆の乳首に金属の突起があてられる。金属の冷たさが、体の芯まで伝わってくる。

いやがおうでも、電流を流されたときのことを想像してしまう。

「で、また気絶したら水ぶっかけて眼を覚まさせて……」

片山はふたりの上にかかっている布団を剝いだ。まっすぐに伸びていた清奈の脚を、開かせた。

「最後にここ……」

金属の突起が、クリトリスにあたった。突起はふたつあるから、もうひとつは穴の入り口あたりだ。

清奈はもう笑えなかった。片山の眼つきが怖すぎたからだ。この男は本当にやるだろうと思った。それが片山の、愛の重さなのだ。

清奈が片山に惹《ひ》かれているのは、なにもセックスがいいからだけではなかった。

片山には愛に対する真剣さがある。清奈のことを真剣に愛してくれている。

重すぎる男の愛情は、時に女に敬遠される。清奈もかつてはそうだったが、淋しくて心細くてひとりでいるのがものすごくつらいという状況になってみると、響いた。いまにも風に吹かれて飛んでいってしまいそうな自分の、重石になってくれるような気がした。

「本当に電流を流したら、クリが黒焦げになるかもしれないな……」

ささやく片山を、清奈はうっとり見つめていた。

体の芯がゾクゾクした。敏感な肉芽に八十万ボルトの電流を受けることを想像していた。それが彼の愛ならば、受けとめるしかないだろうと思った。真剣な愛をもてあそぶような女は、どんなむごたらしい罰を受けてもしかたがない。

自分はどうだったろうか？

彼の愛に見合うほどの愛をもって、あの日この部屋に招き入れたのか？

違うような気がした。清奈はいままで付き合ったどんな男にも、それほど真剣な思いなんて向けていなかった。

片山と愛しあうようになって、初めてわかったのだ。これが本当の恋愛なら、いままでしてきたことは恋愛ごっこにすぎないと……。

「あっ……んんっ……」

片山が、スタンガンの金属の突起でクリトリスをいじりはじめた。鋭利な突起ではなく、先が丸くなっているので、痛くはない。むしろ感じてしまう。

キスをされた。甘いキスだった。もっとしてほしくて、清奈は舌を伸ばした。お互いに口の外で、舌をからめあわせた。

片山は金属の突起で、クリトリスをいじりつづけていた。人を気絶させることができる凶器にもかかわらず、いや、凶器だからかもしれないが、性感帯がひりひりするほど感じてしまう。金属の突起は冷たいのに、クリトリスは燃えるように熱くなっていく。

「イッ、イッちゃうっ……イッちゃいそうっ……」

そのままイカせてもらっても、もちろんよかった。しかし片山は、スタンガンを枕元に置くと、ベッドから降りた。それから、清奈を抱きあげた。お姫さま抱っこ、というやつだ。

背が低くても力が強い片山は、それをよくやりたがる。落とされる恐怖は、まったく感じない。片山には、お姫さま抱っこをしながら、キスの続きをする余裕まである。

連れていかれたのはユニットバスだ。片山はそこでするのが好きだった。清奈の声が大きいのを考慮してのことだと思うとかなり恥ずかしいが、とにかく彼ほど立ちバックが好きな男を他に知らない。

両手を洗面台につかされ、尻を突きだす格好にされた。清奈は全裸だった。充分に潤んでもいた。立ちあがったことで、分泌したものが内腿まで垂れてくるほどだった。

片山が後ろから入ってきた。先ほど射精したばかりなのに、ひどく硬かった。ペニスも筋肉だが、鍛えられるところではない。なのに、鍛えあげている全身の筋肉の、どこよりも硬い気がする。

ペニスが動きだすと、清奈は淫らな声を撒《ま》き散らした。狭いユニットバスの中で反響して、自分でも耳障りなほどだった。

しかし、どこか物足りなかった。スタンガンの金属の突起でクリトリスをいじられた余韻が、まだ体の中に残っていた。あの恐怖と裏腹の快感を味わったあとでは、いつものようにされても、いつものように乱れられない。

「ねっ、ねえ……」

後ろに手をまわし、片山の手をつかんだ。

「ちょっと……首……絞めてもらってもいい？」

片山にそれを求めたのは、初めてだった。首など絞められなくても、彼のセックスには充分満足していた。でも今夜は、ちょっと特別な刺激が欲しい。

「おいおい、すごい変態プレイを仕込まれてるんだな」

片山が苦笑したので、

「ちっ、違いますっ！」

清奈は声を張りあげた。

「ネットでそういう記事を読んで……されながら首絞められると気持ちいいって……それでちょっと興味というか、好奇心が……」

言葉の途中で、片山が後ろから両手で首をつかんだ。

「充分、変態の素質があるよ。そんな記事に反応するなんて……」

ぐっ、と首を絞められた。片山の手は大きく、力は強い。だが、いままで首を絞められた誰よりも、安心して身を任せることができる。

愛の力も、もちろんある。それに加え、片山がやっている総合格闘技では、首を絞めて相手を失神させることも、自分が失神させられることも、よくあるらしいのだ。要するに、慣れているはずだった。

いったんスローダウンしていたペニスの動きが、元のピッチを取り戻した。一打一打力を込めて、強く突きあげられる。速射砲のような連打も気持ちいいけれど、清奈は片山のその腰使いが好きだった。一打一打、確実に奥まで届く。ましてや……。

首を絞められながらだと、すさまじい快感がこみあげてきた。息ができなくなると、ダラリと舌が伸びた。次に眼の焦点が合わなくなって、耳も遠くなっていく。朦朧《もうろう》とする意識の中で、快感だけがくっきりと力強い輪郭をもち、五体の肉という肉を震わせる。

立てつづけに、オルガスムスが訪れた。恍惚《こうこつ》のまばゆさに崩れ落ちそうになっても、片山の長大なペニスで後ろから貫かれていては、膝を折ることができない。ちょっと休ませてほしいと思っても、首を絞められていては、言葉は出せない。いや、首を絞められているせいだけではない。

片山は時折、息継ぎができるように両手の力をゆるめてくれたが、清奈の口からあふれるのは、交尾中の獣のような濁った声と大量の唾液だけだった。

片山が射精に達すると、またお姫さま抱っこでベッドに戻された。

清奈は放心状態だった。余韻は深く濃かったが、意識ははっきりしていた。呼吸が整い、鼓動の高鳴りがおさまっていくほどに、不安がこみあげてきた。いっそ失神させてくれればよかったのに、と思った。

乱れすぎてしまったからだ。それも、可愛げのない乱れ方だった。眼の焦点が合っていなかったので、鏡で自分の姿を確認することはできなかったが、ひどい顔をしてあえいでいたに違いない。涙や鼻水や涎を流していたし、白眼だって剝いていた可能性が高い。

男という生き物は女を感じさせることに執念を燃やすが、乱れすぎると逆に引くのだ。手に負えない、と萎えてしまう。女にとって、男が精力絶倫すぎても困るのと一緒だ。

いまの醜態で恋が冷めてしまったら――恐るおそる片山の顔色をうかがった。ベッドの上で寄り添っているので、息のかかる距離にあった。険しい表情でこちらを見ていた。ドン引きだよ、という心の声が聞こえてきそうだった。死にたくなった。熱くなった顔を、彼の胸にあずけて隠した。

しかし……。

片山の口からささやかれたのは、まるで想定していなかった言葉だった。

「一緒に住まないか？」

清奈は顔をあげた。どういう顔をしていいかわからなかった。

「もちろん、お互いに店をやめて、自由の身になって……いまみたいにコソコソ会ってるだけじゃ、やっぱつらすぎる。いつも一緒にいたいし、デートだってしたい。店をやめれば、なんだってできる」

「そっ、そうだね……」

清奈は曖昧にうなずいて眼を伏せた。おさまったはずの鼓動の高鳴りが、ぶり返してきた。痛いくらいに、胸の内側を叩いていた。

自分でも驚くほど動揺していた。普通なら、喜んでいい場面のはずなのに、素直に喜べなかった。

店をやめるのはいい。大和田には恩を仇《あだ》で返してしまうことになるし、せっかく指名がとれはじめたのにもったいないという思いもあるが、ひとまずそれは横に置いておく。

一緒に住むということは、その先にあるのは結婚だ。結婚してもいいかどうか、相手を見定めるために同棲《どうせい》するという考え方もあるだろう。しかし、真剣な愛が身上の片山は、きっといまの段階で結婚まで視野に入れている。

清奈は片山に夢中だったが、結婚なんて考えたことがなかった。結婚そのものに興味がないわけではなく、片山は三十歳でキャバクラの送迎ドライバーなのである。職業に貴賤《きせん》はないかもしれないが、少なくとも彼にはお金がない。そういうのは雰囲気でわかる。お金のない男との結婚なんて、まるで現実的ではない。いまの店をやめても、別の店で働かなくてはならない。一生水商売という可能性すらある。

とても承諾できなかった。

いくら片山を愛していても無理だった。

二十歳でモデルとしてデビューし、それなりに大きな仕事をこなしてきた清奈は、お金持ちの世界を知っていた。そういう世界に憧れていたし、いまも憧れている。片山にとってはエルメスのスカーフをプレゼントしてくれるのが精いっぱいだろうが、付き合ってもいないのにエルメスの財布やバッグをポンとプレゼントしてくれる男が、この世にはいくらでも存在する。

もしも……。

モデルになってお金持ちの世界を垣間見《かいまみ》たりせず、ただの場末のホステスの娘だったなら、どうだったろう？

飛びあがって喜んでいたかもしれない。片山を愛する気持ちに、嘘はないからだ。愛する男を支えて生きるのもまた、女にとって幸せのひとつの形だろう。

身の丈を知ったほうがいい、ということだろうか。

愛する男にお金がないなら自分で稼げばいいだけだと、母のような強い女になればいいのか。

「明日から、忙しいんだろう？」

片山が訊ねてきたので、清奈はうなずいた。

明日というか、もう今日の夜になるが、クリスマスイブだった。年末まで同伴出勤やアフターの予定がびっしり入っている。

「大晦日《おおみそか》は？」

「それはもちろん……」

予定を入れていなかった。一緒に年を越そうと、片山と約束したからだった。店は深夜二時まで営業しているので、正確には一緒に年を越すことはできないのだが、一週間ぶりにふたりきりになれる。それを心の支えにして、年末のハードスケジュールを乗りきるつもりでいた。

「じゃあ、大晦日に会ったとき、いまの返事を聞かせてよ」

「一緒に住むかどうか？」

「ああ……」

抱きしめられた。

「離したくないんだ。こんな気持ち初めてだよ……」

清奈は胸が熱くてたまらなかった。こんなにも自分を愛してくれている男を手放すほうが、馬鹿げているのではないかと思った。

たとえ金持ちと結婚できたとしても、愛がなければ空疎である。豪邸でブランドものに囲まれて暮らしていても、砂を噛むような人生だったと後悔しながら、生涯を閉じることになるだろう。

そんなことになるくらいなら……。

気持ちが片山に傾いていった。キスをされると、体のいちばん深いところでなにかが熱く溶けた。あれだけ絶頂したばかりなのに、またしたくなった。これは性欲ではないと思った。愛が片山を求めているのだ。

5

片山は清奈のマンションから出てくると、路上駐車してあるステップワゴンには向かわず、夜闇に煌々《こうこう》とした光を放っている自動販売機に向かった。喉が渇いてしようがなかった。エビアンを買って飲んだ。

「……ふうっ」

吐きだした息が白かった。頬を嬲《なぶ》る風も冷たかったし、もう少ししたら足元からしんしんと寒さがやってきそうだったが、いまはまだ体が熱く火照っている。

日付が変わって元日になった。

もうすぐ初日の出が拝めるだろう。

考えてみれば、こんなに静かな元日は久しぶりだった。

片山は二十二歳のときからホストクラブで働いている。大学は出たものの、就職活動に失敗していたので、思いきって水商売の世界に飛びこんだ。

ホストクラブの大晦日は、日付が変わって元日の朝まで、いや昼過ぎまで乱痴気騒ぎが繰りひろげられる。年末のかき入れ時にたっぷりと金とストレスをためこんだキャバクラ嬢や風俗嬢が、大挙して押しかけてくるからだ。

「……ふうっ」

体の熱がなかなか引かないので、もう少し外にいることにした。ガードレールにもたれ、清奈の部屋を見上げる。灯りはついていない。彼女はもう夢の中だ。オルガスムスの余韻を抱きしめながら、心地よく眠っていることだろう。

片山も一緒に眠ってしまってもよかったのだが、少しひとりになりたかった。冷静になって、作戦を練り直す必要があった。

それにしても……。

ホスト時代でさえ、こんなに頑張ってセックスしたことはない。

清奈という女を、最初は甘く見ていた。あくまでも個人的な感想だが、美人とセックスして盛りあがった記憶がない。美人は見て楽しむもので、抱くものではないとすら思う。

三十歳を過ぎればその限りではないが、若い子の場合は美人より可愛いタイプのほうが欲望に忠実だ。見た目が地味な女もあなどれない。裸にすると豹変《ひょうへん》し、実は好き者だったというパターンが多い。

清奈は超がつく美人だし、元モデルである。ベッドの中ではおとなしいものだろうと高を括《くく》っていたが、とんでもなかった。片山がいままで抱いた中でも、三本の指に入るほどのド淫乱だ。残りのふたりは三十七歳と四十二歳だから、清奈がいかに早熟のセックスエリートなのかわかる。

それでも、最初のうちは遠慮していたのだろう。ドがつかないただの淫乱くらいだったが、性器を繋《つな》げた状態で首を絞めはじめてからは、ド淫乱を通り越して獣のような乱れ方になった。

顔中を汗と涙でテカテカに光らせ、涎や鼻水まで垂らして、よがりによがる。ダラリと舌を伸ばし、白眼まで剝くことがある。綺麗な顔が台無しだったが、あれだけ続けざまにイキまくってくれると、抱き心地は最高だ。下の締まりが抜群によくなるし、結合部を通じて伝わってくる体の痙攣《けいれん》もたまらない。おかげでこちらも、心臓が停まる寸前まで腰を動かすことになる。

向いている、と思うと口許《くちもと》に笑みがこぼれた。

彼女はＡＶ女優に向いている。

たとえどんなタイプの女でも、色恋にどっぷり首までつけこんで言いなりにさせるつもりだったが、元からＡＶ女優に向いているなら、ＡＶ業界に売り飛ばしたって良心は痛まない。

三カ月前のことだ。

ホストクラブの客が飛んだ。五十四歳の会社経営者で、健康食品販売で派手に儲《もう》けている女だった。遊び方も豪快だったが、キャバ嬢や風俗嬢ならともかく、まさか会社を経営している女が行方不明になるとは思わなかった。会社は倒産し、家族もいない独身だったので、片山は頭を抱えてしまった。

売掛金が七百万あった。ホストクラブでは、客が売掛金を清算せずに飛んだ場合、担当ホストがそれを補塡しなければならない。片山に金はなかった。店に相談しようにも、店長は異常と言っていいほど凶暴な男だった。

「テメエこの野郎。さっさと金つくらねえと、中国連れてって内臓からっぽにしちまうぞ」

そんなことを日常的に口走っていたし、半グレの仲間が大勢いた。

実際に臓器を売られた人間がいるのかどうかはわからないが、売掛金を補塡しなければ、地獄を見ることはあきらかだった。

片山は七十代の女の性器まで舐めて、なんとか二百万つくったが、それが限界だった。〆日《しめび》に報告に行くと、店長は残忍な笑みを浮かべた。部下にヤキを入れるのを心の底から楽しめるサイコパスだった。臓器を売られた人間は知らないが、亀頭に刺青《いれずみ》を彫られた人間は知っている。

そんな絶体絶命の窮地に救いの手を差しのべてくれたのが、オーナーの大和田だった。一介のホストは普通、オーナーとは言葉も交わせない。だが、片山は飲みに誘われる関係だった。大和田が地下格闘技のファンだったからだ。

「五百万は立て替えてやる。いままで通り仕事に励め。おまえの試合が見られなくなるとつまらねえから、飛んだりするなよ」

涙が出るほど嬉しかった。一生ついていきますと、床に額をこすりつけて礼を言った。

ひと月半ほど前、その大和田から呼びだされた。

「五百万、一括返済できる仕事をまわしてやるよ。この女をカタに嵌《は》めろ。おまえの言いなりにして、AVに出演することを了承させるんだ」

渡されたのが、清奈の履歴書だった。

「上玉だから高く売れるだろうが、俺にとってはビジネスじゃない。この女には一度、煮え湯を飲まされている。一生もんの赤っ恥でもかかせてやらないと、気がすまねえんだよ」

大和田は、清奈が以前所属していたモデル事務所の副社長と懇意の間柄だったらしい。〈トゥルース〉によく飲みにきてくれただけではなく、現役モデルやモデルの卵の供給源としても、太いパイプがあった。はっきりとは言わなかったが、プライヴェートでも悪い遊びをシェアしていたようだ。

二年前、その副社長が突然、懲戒解雇になった。売り出し中の所属モデルに手を出し、それを週刊誌にすっぱ抜かれたからだという。

「時期が悪かった。不倫となると、とにかく槍玉《やりだま》に挙げないと気がすまないってムードがあったからな。おまけに、記事の書き方がひどかった。ただの不倫じゃなくて、セクハラや枕営業を匂わせていた。どこのどいつが記者に吹きこんだか知らねえが……」

証拠はないものの、事務所の内部調査によれば、週刊誌にリークしたのは清奈、という線が濃厚らしい。

動機があった。それまで比較的売れていた清奈を差し置き、副社長は自分の愛人である新人モデルをプッシュして、テレビコマーシャルやキャンペーンガールなどの大きな仕事を、すべて彼女に流していた。

清奈はその事件の直後に事務所をやめている。実際にリーク犯だったのか、濡《ぬ》れ衣《ぎぬ》を着せられただけなのかはわからないが、事務所に居づらくなったのは間違いないだろう。

懲戒解雇になった副社長は、妻子からも見放され、栃木の実家に帰って小さな養鶏場を手伝っていたらしい。しかし、都落ちした絶望感から心を病み、一年後に自殺……。

たかが不倫で、と片山もさすがに絶句した。大和田が根にもっていてもしようがないと思った。その件で大和田は、実にたくさんのものを失ってしまったからだ。〈トゥルース〉の太客、現役モデルやモデルの卵の供給源、そして、一緒に悪い遊びをしていた仲間……昔の話ではすまない。

その一方、大和田と副社長の関係を知らない清奈は、〈トゥルース〉で働かせてほしいとのこのこやってきた。引っ越し費用もままならないほど困窮していたので、泣きついてきたようなものだろう。

面接のとき、大和田は笑いを嚙み殺すのが大変だったらしい。この女、煮て食おうか焼いて食おうか……。

「わかりました。二カ月ください」

片山は大和田に約束した。

「二カ月あれば、彼女を言いなりにしてみせます。実際、俺がＡＶに落とした女は、片手じゃきかないですからね」

くたびれたデリヘル嬢やピンサロ嬢ばかりだが、嘘ではなかった。

約束の二カ月まであと二週間――恩人である大和田を落胆させるわけにはいかない。片山自身のためにも、失敗は許されなかった。五百万はかなりおいしい仕事だった。くたびれたデリヘル嬢やピンサロ嬢では、ＮＧなしを確約させても、五十万にもならなかった。

それに加え、おまえさすがだな、と大和田に言わせれば、今後も目をかけてもらえるだろう。

計画はきわめて順調に進んでいた。清奈は片山のことを恋する瞳で見つめている。心を奪った手応えはしっかりある。

だが、ここへ来て最後の一手が決まらない。片山の計画では、年明け早々にも清奈を自宅マンションに引っ越してこさせ、同棲を始めるつもりだった。店はやめている。時間はたっぷりある。朝から晩までセックスし、色ボケになったところで、こう切りだすのだ。

「すまない。危ない筋から借りた金を、どうしても今月中に清算しなくちゃならなくて……」

金をつくるためには、ＡＶに出演してもらうしかない……。

「ＡＶに出たって、俺たちの関係は変わらないよ。変わるわけないじゃないか。俺は一生、清奈のことだけを愛している」

実際に、清奈がＡＶ女優になってもしばらくは同棲を続けるつもりだった。不安定になるであろう、彼女の心を管理する必要があるからだ。だがそれも、せいぜい二カ月か三カ月だろう。

人間、どんな環境にも慣れてしまう。ド淫乱といっていい清奈にとってAVの撮影現場は刺激的だろうし、あれだけの美人で元モデルの肩書きもあれば、おそらく人気も出る。ファンがちやほやしてくれる。人前でセックスするというとんでもなく恥知らずなことをしているくせに、タレント気取りが始まる。

彼女にとっても悪くない未来だろう。

もちろん、清奈にはまだAVの話はいっさいしていない。なのに、その前段階である同棲への誘いで二の足を踏んでいるのは、どういうわけなのか？

「ごめんなさい。まだ踏ん切りがつかないから、一緒に住む話はいったん保留してもらっていい？　片山さんのことは好きよ。それは嘘じゃない。でも、わたしたちまだ、付き合いはじめて一カ月も経《た》ってないでしょう？　話の展開が急すぎて、心の整理ができないの」

話をした前後のセックスでは白眼を剝いてイキまくっていたくせに、なにを悩んでいるのかさっぱりわからなかった。結婚しようと言っているわけでないのだ。たかが同棲なのに、どうしてそんなに慎重になっているのか……。

いや、清奈はかなりのビビリだった。

眼鼻立ちが端整すぎるせいで気が強そうに見えるのだが、事実は逆だ。甘えん坊で優柔不断、おまけに自意識過剰という素敵な性格をしている。盗聴、監視、尾行を極端に警戒しているのが、ハートの弱いなによりの証拠だ。ストーカーにつけ狙われた過去があるらしいけれど、それにしても怯えすぎである。

ならば、ビビリを利用してやったらどうかと思った。ホストの後輩を使い、実際にストーキングさせるのだ。清奈は仕事以外で部屋から出ない。しかし、正月の三が日は店も休み。初詣デートに誘いだし、途中でわざとはぐれてストーカーに尾行させる。

震えあがった清奈は、自分から一緒に住むことを懇願してくるのではないだろうか。危機が迫ってくれれば、心の整理もへったくれもない。彼女が頼れる人間はいま、片山以外にいないはずである。

「悪くないな……」

片山は口許に笑みを浮かべ、空になったエビアンのボトルを自動販売機の横にあるゴミ箱に捨てた。激しいセックスで火照っていた体も、そろそろ冷えてきた。ステップワゴンに向かった。ドアを開け、運転席に乗りこむ。

「んっ？」

助手席にエビアンのボトルがあった。先ほど捨てたのは二二〇ミリリットルの小さなボトルだが、一・五リットルの大きなボトルだ。

買った覚えのないものだった。しかも、ボトルの口を塞いでいるのがキャップではなく、ティッシュだった。不衛生にも、ティッシュを飲み口に突っこんであった。ひらひらと外に出ている中で、なにかが光った。火花が散ったようだった。すぐにティッシュが燃えはじめた。次の瞬間、目の前が真っ赤になった。

6

ドーンッ！　という大きな爆発音で、清奈は眼を覚ました。

隣にいるはずの片山がいなかった。不安に駆られながらバスローブを羽織り、窓に向かった。外はまだ真っ暗だった。窓を開けると、眼下の路上でオレンジ色の炎があがっていた。クルマが燃えている。

店のミニバンだった。

「嘘でしょ……」

清奈は呆然《ぼうぜん》とした。炎上するクルマのドアが開き、中から火だるまの人間が転がりでてきた。もがき苦しみながら地面に倒れ、のたうちまわっている。断末魔の悲鳴をあげ、夜闇に大量の火の粉を散らす。

誰だかはわからなかったが、普通に考えれば片山だ。いや、片山以外に考えられない。

「嘘でしょ……嘘でしょ……」

もう一度、ドーンッ！　と爆発音がして、清奈はクルマから顔をそむけた。こちらを見上げている人影が眼にとまった。路上に立っていた。炎上するクルマから、三〇メートルほど離れたところだろうか。

元日の夜明け前、住宅街は寝静まり、他に誰もいなかった。人影は背中を向けて走りだした。

夜闇の中、マンションの五階からの遠目である。はっきりとはわからなかったが、清奈はその後ろ姿に見覚えがある気がした。

畠中……。

もちろん、バイアスがかかっているのかもしれない。刑務所から出てきた彼にストーキングされていると思いこんでいるから、そんなふうに見えてしまった可能性だって考えられる。

だが、清奈は確信していた。三年前、自分を尾行していた彼を、何度も見かけた。ハッと振り返ると、畠中はいつも背中を向けて走り去っていくところだった。

やはり、あの男はまだ自分をストーキングしていたのか？

いや、そんなことより、炎上するクルマとの関係は？

路上でのたうちまわっていた火だるまの人間は、いつの間にか動かなくなっていた。絶命したようだった。体を燃やす炎だけが、夜闇の中でメラメラとオレンジ色の光を放っていた。


元旦から警察がやってきた。

よけいなことはいっさいしゃべらなかったが、片山と男女の関係にあったことは認めなければならなかった。店のミニバンが明け方まで路上駐車されているのを何度も目撃されていたようだし、隣人はセックスの声がうるさくて迷惑だったと証言したらしい。

警察によれば、片山の乗っていたミニバンは放火されたという。ガソリンの入ったペットボトルを車内に仕込まれ、手品に使うような着火器を使って、遠隔操作で火をつけた……。

かなり手の込んだ、計画的な犯行だった。

改造拳銃を二十数丁もつくってしまうような男ならやりかねない、と清奈は思った。片山は殺されたのだ……。

「犯人は畠中っていう男ですっ！　三年前、わたしをストーキングしていた。つい最近、刑務所から出てきて……」

刑事に向かって、よほどそう言ってやろうかと思った。

言わなかったのは、警察と関わりをもちたくなかったからだ。もちろん、甘崎の件があるからだった。目撃証言をしたりしたら、きっと何度も警察に足を運ぶことになるだろう。裁判にだって駆りだされるかもしれない。

とはいえ、殺意をもち、それを実行できる人間が自分をつけ狙っているという恐怖は、筆舌に尽くしがたいものだった。

清奈は震えながら、甘崎や刈谷も殺されたのではないかと考えはじめた。

甘崎は事故で死んだ可能性が高く、刈谷は自殺の線が濃厚だ。

しかし、本当にそうなのだろうか？

片山も含め、死んだ三人には警察も把握していない、ある共通点がある。

全員、清奈を抱いているのだ。セックスしている。

もし、ストーカー畠中の目的が、清奈への恨みを晴らすことではなく、三年前と同じように執着されているだけだとしたら……アニメのヒロインを愛するように、清奈に対して歪《ゆが》んだ愛情を注いでいるとしたら……。

嫉妬を動機にした連続殺人、ということにならないだろうか？

「馬鹿じゃないの、わたし……」

自分の甘さに歯軋《はぎし》りした。

そもそも頭のおかしいストーカーが、殺人にまで手を染めるようになっていたら、もはや手に負えないモンスターだ。初恋相手の背中を見てドキドキしている小学生とは違う。目的が清奈への恨みを晴らすことだとしても、ただ単に命を奪うだけでは気がすまないのかもしれない。

犯してから殺す……。

ぶるっ、と清奈は震えた。あの男のことだ。殺す前に屈辱的な目に遭わせてやると、身の毛もよだつような計画を立てていたっておかしくない。

だが、畠中には度胸がない。清奈に見つかりそうになったら、いつだって走って逃げていった小心者だ。ストーキングをしながらまごまごしているうちに、目の前で獲物をさらわれた。

激怒した畠中は、獲物をさらった男たちを次々に……。

翌日には、大和田に呼びだされた。

片山が明け方近くまであの場所に店のクルマを停めていた理由を、大和田が推し量れないはずがなかった。馘だろうな、と思ったし、清奈にしても仕事どころではない精神状態だったので、〈トゥルース〉はやめるつもりだった。

しかし、誰もいないガランとした店で待っていたのは猫撫で声だった。

「片山のことは残念だが、店をやめようなんて思わないでくれよな。せっかく指名も増えてきたんだから、もう少し頑張ってみよう。モデルをきっぱりやめて店に専念するっていう、キミの本気は伝わってきている。それに応えて、時給を少しあげてもいい」

清奈は驚いてしまった。指名が増えたといっても、清奈より売れている女の子はたくさんいる。それに、送迎ドライバーと恋仲になった件は、不問にされたのだろうか。引き留められる理由がわからなかった。

もっとも、どんな理由があろうとも、店に残る気にはなれなかった。いまの精神状態で、知らない男の隣に座ってしなをつくるのは、無理だ。

そう伝えると、大和田は急に怒りだし、

「だったら今日中に寮は出ていってもらうよ。鍵は管理人に渡しておけばいい」

「今日中って……」

正月の二日である。清奈は途方に暮れた。それでも、店に残るという選択肢がない以上、受け入れるしかなかった。

部屋に戻り、荷物をまとめた。店で着ているドレスはレンタルなので、自分の持ち物は少なかった。キャリーバッグふたつにまとまった。C市から出てきたときと一緒だ。この部屋に来てから買ったものなんて、ほとんどない。

唯一の例外がベッドだった。安物のセミダブルだが、思い出がつまっている。腰をおろし、シーツを撫でると、涙がこみあげてきた。

なぜ片山が死ななければならなかったのだろう？

いや、殺されなければならなかったのか？

元日の夜明け前、畠中の後ろ姿を見たときから、何度となくわいてきた疑問だった。畠中は清奈をストーキングしていた。片山を殺すくらいなら、自分を殺せばよかったではないか……。

頭が思考することを拒んだ。

炎上するクルマから転がりでてきた火だるまの人間、あれがもし自分だったらと想像すると、具合が悪くなった。体温がさがり、冷や汗が出て、動悸《どうき》が起こった。自分を殺せばよかったなどと、軽々しく言うことはできない。

それに、いくら考えたところで、ストーカーの気持ちなんてわからない。三年前もそうだった。逮捕された畠中は、取り調べをした警官に向かってこう言い放ったらしい。彼女を尾行していたのは、彼女を守るため。改造拳銃をつくったのも、彼女を守るため——意味がわからない。

部屋を出て、一階の管理人室に向かった。鍵を返し、部屋に残っているものはすべて処分しておいてくれるように頼んだ。ついでに、レンタルドレスを返却する段ボール箱を宅配便で出しておいてくれたら助かると言うと、管理人のおじいさんは快く応じてくれた。一月二日に住所不定になった女に、同情してくれているようだった。

外に出ると風が冷たかったが、正月の東京の空は青く澄み渡っていた。

清奈はキャリーバッグを引きずって歩きだした。

寮から急いで追いだされたのは、もしかするとよかったのかもしれない、と思った。あの部屋で、あのベッドで寝ていれば、延々と泣き暮らしていたことだろう。自分はこんなに泣き虫だったか？　と呆《あき》れてしまうくらい、片山のことを考えると涙がとまらなくなる。

最後のセックスの前、片山に言われた。

「一緒に暮らす話、考えてくれたよね？」

清奈は彼の期待に応えられなかった。片山のことは好きだったが、未来を託すまでの勇気がどうしても出なかった。

たかが同棲じゃないか、と笑う人もいるかもしれない。籍を入れるわけでもないのに、なにを大げさに尻込みしている……。

清奈の中にも、そんな気持ちがなかったわけではない。

しかし、片山の性格を考えると、同棲までしておいて結婚を拒むのは無理なような気がした。それどころか、別れ話を切りだしたりしたら、本気で怒りだすのではないか。

　彼の愛は真剣で重い。それが心地《ここち》よくもあるけれど、時に怖くもある。浮気なんてしたら、本当にクリトリスをスタンガンで焼かれるかもしれない——そう思うと、簡単に同棲に踏みきる気にはなれなかった。

　馬鹿だった。

　自分はいったいなにがしたいのだろうと思った。

　浮気だろうか？　浮気がしたいから、片山との同棲を保留したのか？

　そんなわけがないのに、なぜ片山の愛を受けとめられなかったのだろう？

　失ってみて、その存在の大きさが身に染みてわかった。片山のいなくなった世界で生きていると、自分まで幽霊になってしまったようだった。地球に何十億の人がいようと、片山ほどの真剣さで自分を愛してくれる男はもうきっといない。愛されないということは、存在しないのと同じだ。

　居場所がない……。

　清奈はその日、中野のネットカフェで夜を明かした。フラットシートの席を選んだが、眼を覚ますと体中の節々が痛んだ。空気が乾燥していたのか、肌のコンディションが最悪で、喉もいがらっぽかった。こんなことがこれからも続くのかと思うと、暗澹《あんたん》とした気分になった。

十二月に頑張って働いたので、金銭的にそれほど追いつめられているわけではない。ビジネスホテルに泊まっても一カ月はしのげるくらい、銀行口座にお金は入っている。

だが、その先のことを考えると、切りつめないわけにはいかなかった。仕事のことを考えたくなかった。またキャバクラでセクハラかと思うと溜息しか出てこない。水商売以外になにができるのかを考えれば、今度は頭が痛くなってくる。


ふと思いついて西に向かう列車に乗った。

新幹線で一時間弱、普通列車で二時間弱らしいので、迷わず後者を選んだ。お金はないが、時間だけはたっぷりある。

目的地は熱海――母がいる。

急に母の顔を見たくなるなんて、自分で自分に驚いた。相当メンタルがやられているのかもしれないと、怖くなってしまったくらいだ。

いくら心にダメージを負っても、いままで母の顔が見たくなったことなど一度もない。母が恋愛事情を隠さない人だったせいで、清奈は親離れがひどく早かった。小学校低学年のころから、母は母、自分は自分、とすっぱり切り離して考えていた。

母も基本的に自分のことにしか関心がないから、お互いに干渉や詮索をまったくしない。用もないのに連絡を取りあうことなんてない。

清奈が熱海まで訪ねていくのはもちろん初めてで、はっきり言って再婚相手の顔も知らなかった。あの奔放な母が結婚と聞いて仰天したのはよく覚えているが、清奈にはいまさら義父なんていらないし……。

相手の男に会うのは緊張しそうだった。母に電話をしてカフェにでも呼びだそうと思った。一月三日でも、観光地なら営業しているところもあるだろう。お茶を飲みながら小一時間話をし、気の利いた日帰り温泉でも紹介してもらって、ひとりで浸かりにいけばいい。

駅前広場から電話をした。

「もしもし、いま熱海に来てるんだけど……」

「どうしたのよ、急に」

「仕事で来たんだけど、時間が空いちゃってね」

正月に話しているのに、あけましておめでとうも言いあわない母子だった。

「ちょっと出てきて、お茶でも飲まない？」

「そんなこと言ったって、わたし、お店あるもの」

「お店？」

母はたしかに、熱海で店をやると言っていた。スナックか居酒屋だろうと思っていた。いまは昼の二時過ぎ。酒場が営業している時間ではない。正月だから特別にやっているのか？

事情がよく呑みこめないまま、店の場所を教わって電話を切った。店に行くと再婚相手と顔を合わせることになりそうだが、母は夜の十時過ぎまで体が空かないらしい。そんなに待っていられない。

正月の熱海はけっこうな人出だった。アーケードを抜けると歩道が狭くなり、団体客とすれ違うのが鬱陶しかった。

干物屋ばかりが目立つ通りに、その店はあった。〈海鮮料理たなか〉。ずいぶんと老舗《しにせ》の風格が漂っている店構えだった。

格子戸を開けておずおずと中に入っていった。テーブル席と小上がりが合わせて八席ほどの、定食屋のような感じの店だった。客は入っていた。盛況と言っていいだろう。

「いらっしゃい」

白い割烹着《かっぽうぎ》を着て白い三角巾を被《かぶ》った女が声をかけてきた。

「来るなら来るって事前に連絡してよ。お正月のかき入れ時に……」

一瞬、母だとわからなかった。清奈の知っている母は、自分を飾るのが大好きな女だった。派手なドレスで着飾り、アクセサリーをジャラジャラつけ、化粧は濃く、強い匂いの香水を好んだ。油絵の具を何層にも塗りこめられた絵のように、毒々しくも美しかった。

それがどうだ。いま目の前にいる女はおばさん丸出しだが、清潔感さえ漂っている。割烹着のせいだけではなく、化粧も薄い。なにより、顔の険がすっかりなくなっている。

清奈は呆然としたまま、ひとつだけ空いていたテーブル席に通された。出入り口に近く、他は四人掛けなのにそこだけはふたり掛けで、いじめに遭っているような淋しい席だった。

母がおすすめだという海鮮丼を注文した。

「あと熱燗《あつかん》……」

正気でいるのがつらかったのでそれも頼むと、

「やめなさいよ、女が昼間っから」

母に叱られた。どの口が言うのかと思った。母は朝食のときに缶ビールを一本空けるのを日課にしていた。

文句は言っても、熱燗はきちんと運ばれてきた。海鮮丼もおいしかった。とはいえ、味はあまりよくわからなかった。母の激変ぶりにショックを受け、それどころではなかった。

最後に会ったのは一年……いや、もう二年近く前か。東京まで買物にきたという母と、新宿の中村屋でカレーを食べた。母はデパートの美容部員の態度が気に入らなかったらしく、それについて延々と文句を言っていた。それがいまや、割烹着姿でニコニコと愛想笑いを浮かべている。

母をここまで変えてしまった男のことが気になった。

清奈は伏し目がちに熱燗をチビチビ飲みながら、奥にある厨房《ちゅうぼう》の様子をうかがった。カウンターの中で、包丁を振るっている板前がひとり――店は母とふたりで切り盛りしているようだから、あの男が再婚相手だろう。

千葉のホステスと熱海の板前がどういう経緯で恋に落ちたのかも気になったが、そんなことより、お世辞にも格好がいい男とは言えなかった。小太りで眼がギョロッとし、なんだか関西のお笑い芸人みたいだ。

にもかかわらず、男を顔と色気でしか選ばなかったはずの母は、カウンターに両肘をつき、楽しそうに彼に話しかけている。客に振りまく愛想笑いではない、本物の笑顔が輝いている。

これが愛の力なのか……。

熱燗を呷《あお》った。気を抜くと、目頭が熱くなってきそうだった。

清奈は、愛なんて笑い飛ばして生きている母に育てられた。軽蔑しているところも大いにあるが、尊敬しているところもあった。母は自立していた。経済的にもそうだし、精神的にも男に依存していなかった。

東京から熱海にやってくる普通列車の中で、清奈はずっと考えていた。

恋人が死んだ——そう言ったら、母はなんと言って慰めてくれるだろう？

いくら考えてもわからなかった。

男なんて星の数なんだから、ひとり死んだくらいで落ちこみなさんな——いかにもそんなことを言いそうなキャラなのだが、たぶん言わない。

場末の盛り場に巣くうやくざな男たちと、母は母なりに真剣に愛しあっていたと思うからだ。刹那的でも、本気だった。そういうのは、側で見ていればわかる。愛なんて笑い飛ばしながら生きていても、愛がなければ生きていけないのが母という女だった。

いろいろな話をしたかった。こんなに母と話がしたいと思ったのは、生まれて初めてかもしれなかった。

しかし、自分たち母子には、甘えたり、甘えられたりする関係性がない。放任主義の恩恵をいままでありがたく受けとっておいて、突然「彼氏が死んだの！」と泣きながら母の胸に飛びこむことは、清奈にはできなかった。

母にしても、料理を配膳したきり清奈を放置したままだった。突然現れたひとり娘の存在をもてあましている。こちらに来て話をすることはおろか、再婚相手を紹介する素振りも見せない。紹介されても困るのだが、ちょっと冷たすぎやしないか。

母は子育てに関心のない人だったが、子供の気持ちがわからない人ではなかった。小学生のとき、学校からシュンとした顔で帰ってくると、いつだって落ちこんでいる理由をズバリと言い当てられた。

そんな母だから、いまの清奈の顔色を見て、なにも思わないはずはないのだが……。

なるほど。

そういうことか、と清奈は不意に閃《ひらめ》いた。

恋人の死について母に相談したら、どんな答えが返ってくるのかわかった。

というか、答えはもう示されていた。

——自分で考えなさい。

第四章　炎上

1

日帰り温泉には寄らず、逃げるように熱海から東京に帰ってきた。といっても、帰る場所はないから、またネットカフェで夜明かしした。

翌朝は、体中の筋肉が固まって、バキバキと音がしそうだった。いい加減、自分が可哀相《かわいそう》になってビジネスホテルに移動した。場所は池袋、一泊六千円ちょっと。ネットカフェのほぼ倍額だが、寝心地は十倍快適だった。

こんこんと眠った。ホテルにはとりあえず三泊分、前金で料金を支払った。三日間、ほとんど寝ていた。空腹すら覚えず、時折トイレに起きるくらいで、あとはずっと夢の中だった。見たのは悪夢ばかりだった。うなされて眼《め》を覚まし、眠りに逃げこむことを繰り返した。

どうしていいかわからないまま、さらにホテルを延泊した。食欲は相変わらずなかったが、なにも食べずにいるのも怖い気がして、コンビニにゼリー飲料を買いにいった。

風も吹いていないのに、外は寒かった。まるで街中が凍りついてしまったような冷気で、ダウンコートを着ていてもまだ寒い。ブーツ類は実家に置いたままだから、パンプスなのがつらいところだ。

滞在しているホテルは、歓楽街に隣接していた。コンビニはその中にあった。ランチタイムを過ぎた時刻のせいか、行き交う人はまばらだった。清奈の視線は自然と、灯《あか》りのついていないキャバクラの看板をとらえた。たくさんあった。日暮れに備えて息をひそめていた。

清奈にとって、池袋は未知の街だった。また水商売をするなら、そういうところがいいような気がした。だが水商売……考えるほどに憂鬱になっていく。知らない店に飛びこみで面接に行っても、おそらく〈トゥルース〉ほどの待遇は望めない。〈トゥルース〉は歌舞伎町の中でも指折りの高級店だったから、キャストの時給も高かった。寮だってあった。なにより〈トゥルース〉には、片山という送迎ドライバーがいた。

「おいおい……」

前から男が笑いながら近づいてきた。ひとりではなくふたり——清奈の顔はこわばった。宇田と江尻だった。

「こんなところでなにやってるの？」

「連絡してもシカトでさあ。俺たち困ってたんだぜ」

清奈は背を向けて走りだそうとした。乱暴に手をつかまれた。悲鳴をあげるべきだったが、身がすくんで声なんか出せなかった。

ビルとビルの隙間に連れこまれた。昼間なのに真っ暗なところだった。

「なんで逃げるんだよ？」

「仲よくしようぜ、清奈ちゃーん」

宇田と江尻は暴力の匂いを隠そうともせず、煙草《たばこ》くさい息を吹きかけてきた。清奈は肩にかけたトートバッグを抱きかかえるようにして、身をよじっていた。つかまれた手を振り払おうとしているが、離してくれない。

「シンゴとユータがサツに呼ばれたぞ」

宇田が言った。清奈は息を吞んだ。

「まだ逮捕じゃない。だがよう、おまえら、六本木のカラオケボックスで甘崎に会ったんだろ？　ああいうとこには、もれなく監視カメラが設置されているもんなんだ。おまけに甘崎が首を括ったのは、やつとは縁もゆかりもない俺らの地元……サツもなにか嗅ぎつけたんだろう」

「次に呼びだされるのは、清奈ちゃんかな？」

「わかっただろ？　おまえは逃げたり、シカトしちゃいけないんだ。俺たちはもう、共犯者なんだよ」

「心配しなくても、いい子にしてりゃあ守ってやる。シンゴやユータにも、清奈ちゃんに関してはなにもしゃべるなと念を押した」

「だからいいだろう？」

「ちょっとそのへんのホテルに行って、これからのことゆっくり相談しようじゃねえか」

いつの間にか、体を触られていた。ダウンコートの上からだったし、シンゴとユータが警察に呼ばれたという話に衝撃を受けていたので、気づくのが遅れた。ヒップを撫《な》でる男たちの手つきは無遠慮極まりなく、頭の中で緊急事態を知らせるサイレンが鳴りはじめる。

このまま黙っていたら、ふたりがかりで犯される――抱きかかえているトートバッグの中を探った。

バチバチッ！　と音がし、宇田が野太い悲鳴をあげながらもんどりうって倒れた。

ビルとビルの隙間にある狭い空間だった。宇田が倒れ、場所を塞いだことで、その奥にいる江尻は一瞬、動けなくなった。清奈は道路側にいた。迷わず道路に飛びだした。

後ろを振り返らずに走った。右手には、ピンク色のスタンガンが握られていた。片山が助けてくれたんだ、と思った。涙がこみあげてきそうだったが、感傷に耽《ふけ》っている暇はなかった。

「待てこらーっ！」

江尻の怒声が聞こえた。振り返ると、三〇メートルほど後ろから、猛然とした勢いで追いかけてきている。

角を曲がった。何度も何度も。バスケで鍛えた脚力には自信があったが、三日間なにも食べていなかった。すぐに体力の限界に達した。息があがり、激しい眩暈《めまい》が襲いかかってきた。

目の前に、青いクルマが飛びだしてきた。まるで清奈の行く手を塞ぐようにして停《と》まったので、バーンと両手をボンネットについてしまった。普段なら、マナーの悪さに憤るところだが、清奈は助手席のドアを開けた。

「助けてくださいっ！　逃げてっ！」

ドアを閉めると同時に、クルマは急発進した。清奈の叫び声に驚いたのか、ホイルスピンするくらいアクセルを踏んでくれた。バックミラーに、江尻の姿が映っていた。やや遅れて、宇田が首筋を押さえながら現れた。

危なかった……。

清奈はしばらくの間、呼吸を整えることしかできなかった。クルマは繁華街を抜け、広い道路に出た。追い抜きを繰り返しながら、どんどん前に進んでいく。ハンドルの中央に、ＢＭＷのエンブレムが見えた、道理で速いはずだ。危機が去ったと判断したのだろう、やがてクルマは平常のスピードに戻った。

「ありがとうございました……」

清奈は運転手の顔を見ずに頭をさげた。とてもまともに見られなかった。年配の男のようだが……。

「もう大丈夫だと思いますので、そのへんで降ろしてください……」

運転手はクルマを停めず、

「こんな偶然があるんだなあ……」

ハハッ、と楽しげに笑った。

清奈は困惑しながら彼に眼を向けた。見覚えのある横顔がそこにあった。いや、見覚えどころか……。

「辻垣《つじがき》、さん……」

「よかった。覚えていてくれたんだね」

「覚えてますよ……それは……」

記憶が一気に蘇《よみがえ》ってきた。よくよく見てみれば、車内のインテリアにも見覚えがあった。このブルーのＢＭＷは、当時から乗っていたものではないか。つまりこの助手席のシートに、清奈はいままで何度となく座っている……。

2

辻垣卓司《たくじ》に誘われ、目白のホテルでお茶をした。

手入れの行き届いた庭をガラス張りの店内から眺められる、辻垣のお気に入りのティールームだ。

そのホテルには、清奈にも思い出があった。ティールームだけではなく、レストランにもよく連れてきてもらった。イタリアン、フレンチ、鉄板焼き……。

辻垣のことを、清奈は女子高生時代から知っていた。

都内に高級ステーキハウスを何店舗も経営している実業家であり、投資家としても成功している人だった。当時四十代後半だったから、もう五十代半ばに差しかかっているはずだ。

知りあったのは、表参道にあるダイニングバーだった。清奈は十八歳で、ダサい地元を毛嫌いし、頻繁に東京にやってきていた。

カットモデルをしたり、アパレルショップをまわるためだが、そのうち美容師や店員と仲よくなり、飲みに誘われることも多くなった。おしゃれなおねえさんたちに流行《はや》りの店に連れていってもらうのが、当時の清奈にとって最高のイベントだった。

表参道のダイニングバーにもそういう流れで行ったのだが、おねえさんのひとりが知りあいの広告代理店の人とばったり会い、その連れの中に辻垣はいた。みんなでテーブルを囲むことになった。

そのときは大人数だったし、ただ楽しく飲み食いしていただけだが、後日、同じ店にひとりで行くと、辻垣もひとりで飲みにきていた。それからよく、食事に誘われるようになった。おしゃれなおねえさんが連れていってくれるところより、ワンランクもツーランクも高い店でご馳走《ちそう》してくれた。

ふたりきりだったが、清奈は辻垣のことを異性として意識していなかった。十八歳の女子高生にとって、四十代後半の男は恋愛対象ではない。それに、辻垣は愛妻家だった。夫婦で行った海外旅行の話をよくしてくれた。ただの愛妻家ではなく、奥さんは重要なビジネスパートナーのようで、

「彼女の力がなければ、いまの僕はなかっただろうね」

照れくささと誇らしさの入り混じった顔で言っていたことをよく覚えている。

恋愛感情がないからといって、清奈は彼のことが好きでなかったわけではない。高価な食事をご馳走してくれる財布のようなもの、と考えていたわけではまったくない。

こういうパパがいたら素敵だろうな……。

辻垣と一緒にいるとき、清奈はいつも妄想に耽っていた。仕立てのいいスーツを着て、ピカピカに磨きあげられた靴を履き、愛車はブルーのＢＭＷ。立ち振る舞いはスマートで、上から目線でしゃべったりせず、穏やかな笑顔を絶やさない辻垣は、まさに理想の父親だった。

本物の父親を知らないから、妄想に耽ることができたのかもしれない。清奈は辻垣のことを、父のように慕っていた。そういう好意的な感情がなければ、辻垣だって連れまわしていて楽しくなかっただろう。

辻垣が本当の父親だったら――その妄想は、若い清奈をずいぶんと救った。裕福な家に生まれたかったからというより、当時はファザコンだったのだろう。父と娘という関係がわからないまま、身悶《みもだ》えするほど憧れていた。

千葉の家に帰れば、和彫りを背負った男がパンツ一枚で缶チューハイを飲んでいたりする。絶望的な現実に立ち向かうには、強い心が必要だった。彼は母の恋人であり、自分とはいっさい関係ない。父親面なんて絶対にさせない——辻垣に理想の父親を見ることで、そう自分に言い聞かせることができた。

「さっきは、チンピラにでもからまれたのかい？」

オレンジの香りがする紅茶を飲みながら、辻垣が訊《たず》ねてきた。

清奈は曖昧にうなずいた。

「おかしな連中と付き合ってるんじゃないだろうな？」

「まさか」

あわてて首を横に振る。

「キミは昔から危なっかしいところがあったからね。大人になって、少しは落ちついたのかと思っていたが……」

「だから、違うって言ってるじゃないですか」

訊ねる辻垣も、答える清奈も笑っている。空気がどこまでも和やかで、心が落ちつく。ただ一緒にお茶を飲んでいるだけで、こんなにも安堵《あんど》している自分に、自分でも驚いてしまう。

辻垣は理想の父親だったが、あるときからそうでなくなった。

いきなり男女の関係になったわけではない。

援助を申し込まれた。

高校卒業を間近に控えた清奈は、服飾系の専門学校に進学することを希望していた。しかし、当時母が付き合っていた男が、最低最悪の貢がせ体質で、家にはお金が全然なかった。大事にしていたシャネルのバッグやフランクミュラーの腕時計まで売ってしまうほど困窮していたので、学費を出してほしいと相談できるような状況ではなかった。

あきらめるしかないと思っていた。

辻垣が援助を申し出てくれるまでは……。

学費だけではなく、千葉からでは通学するのも大変だろうからと、都内にマンションを用意すると言われた。学業に専念できるよう、生活費や小遣いも渡してあげよう……。

清奈は笑ってしまった。

「それって愛人になれってことですよね?」

辻垣は気まずげにうなずいた。

「もう自分の気持ちを抑えきれないんだ。キミのことが好きだ。キミが欲しい……だが、僕はキミより三十歳も年が上だし、妻もいる。ビジネスパートナーでもあるから、離婚はできない。だから……本当に忸怩《じくじ》たる思いだけれど、こういう形でしかキミを求められないんだ。専門学校に行っている二年間だけでいい、僕だけのものになってくれないだろうか？」

清奈は一週間考えた。頭が爆発しそうなくらい、考えに考え抜いた。

辻垣のことを初めて、気持ちが悪いと思った。娘に欲情する父親なんていない。いるとすれば畜生だ……。

しかし、辻垣に理想の父親を見ているのは清奈だけの勝手な妄想であり、おじさんが若い女に欲情するのはごく普通のことなのかもしれない。おじさんが愛読している週刊誌には、若い女のエッチな写真があふれている。要するに、辻垣だってただのおじさんだったわけだ。

そこまで呑みこむのに、五日かかった。

専門学校に行きたかった。進学するのとしないのとでは、その後の人生が大きく変わってくるだろう。東京で暮らせるのも魅力的だった。お金さえあれば、一刻も早く地元から出ていきたかったのだ。

ただ、清奈には愛人生活というものが想像できなかった。いくら頭を絞っても、それだけは無理だった。

処女だったからだ。

辻垣に限らず、男が愛人を囲う目的はセックスだろう。清奈はそれをしたことがなかった。興味がなかったとは言わないが、嫌悪感もかなりあった。母と恋人が家の中で振りまいているセックスの匂いに、いつだってうんざりしていた。

できるだろうか……。

あの母の娘なのだから、一度味を占めてしまえば、中毒のようにそれを求めるようになったりするのか……。

わからなかったが、清奈は辻垣の援助を受け入れることにした。

進学を諦め、地元で就職、もしくはアルバイトのようなことをやっていても、二年なんてあっという間に過ぎていくだろう。時間だけが経《た》って、なにも達成できていない二十歳の自分がありありと想像できた。

そんなふうに時間を使うくらいなら、辻垣に渡してしまえばいい。リターンは大きい。ここで人生を切り拓《ひら》かなければ、母のようになるだけだ。母のようにはなりたくなかった。

上京していく清奈が後ろめたい方法でお金を得たことを、母はたぶんわかっていた。わかっていて、なにも言わなかった。ひどい親だと思うが、そのときばかりはありがたかった。

清奈が処女であることを、辻垣はとても喜んだ。そのくせ、すぐに奪ってこなかった。産婦人科に行ってピルを処方してもらうように言われた。

「せっかくの初体験なんだから、自然に愛しあおうじゃないか。キミだって妊娠の心配がなくなっていいだろう？」

当時はそういうものかと思ったし、妊娠だってしたくなかったので、清奈は了承した。だが、辻垣は要するに、生で入れて中出しを楽しみたいだけだった。後々になってそれに気づくと、怒りがこみあげてきた。人の体をいったいなんだと思っているのだ……。

外では紳士な辻垣だが、実のところ頭の中はセックスのことばかりに占領されているのではないかと思った。やたらといやらしい下着を着けさせられたし、店でも開けそうなほどラブグッズも大量に買ってきた。懇切丁寧に性感を開発された。懇切丁寧というのは皮肉である。それは辻垣だけの欲望であり、清奈の欲望ではなかったからだ。

辻垣が用意してくれたマンションは自由が丘にあり、部屋も広くて綺麗《きれい》なら、街もオモチャ箱をひっくり返したようで楽しかったけれど、それだって要するに都合のいい「やり部屋」が欲しかっただけだ。千葉から通学するのは大変だろうなんて恩着せがましく言っていたが、本音は絶対に違う。自由が丘は、辻垣の自宅とオフィスのちょうど中間に位置していた。

この男は要するに若い女の体をむさぼりたいだけだ——春に始まった愛人生活が秋を迎えるころには、清奈は辻垣の正体に気づいてしまった。週に三日、飽きもせずに部屋にやってきては、あの手この手で清奈をイカせようとする辻垣を、軽蔑しかしていなかった。

それでも、別れるという選択肢はなかった。昼間の生活が楽しすぎたからである。服飾系の専門学校なので、おしゃれな人ばかり集まっていた。話が合うので、男でも女でもすぐに仲よくなった。地元にいたときとはまるで違う居心地《いごこち》のよさがあったし、学校の外までネットワークがひろがっていき、ファッション業界の人にもたくさん知りあいができた。

この生活を手放すわけにはいかなかった。そのためなら、穴の開いたパンツを穿《は》かされたり、お尻の穴を執拗《しつよう》に舐《な》められても我慢しようと思った。

しかし、心の持ちようは次第に態度にも表れるようになっていった。セックスを拒むことはなかった。愛人としての矜持《きょうじ》だろうか、抱かれるのを拒絶したり、ベッドで気のない素振りを見せるのはさすがに反則だと思ったので、なるべく快く応じたが、それ以外のところでわがままが出るようになった。

あの服が欲しい。

あの靴も欲しい。

あのバッグも欲しい。

お小遣いが全然足りない！

辻垣はすべて笑顔で受けとめてくれた。それがまた悔しかった。

あるとき、彼が懇意にしているレストランに連れていかれたとき、スープをひと口飲んだだけで、「おいしくないから帰る」と言って、本当に帰ってきてしまったことがある。

辻垣がおろおろしていたので、少しだけ溜飲《りゅういん》がさがった。それからは、その手のわがままを頻繁に出すようになった。約束をすっぽかすのは日常茶飯事で、ちょっとでも気に入らないことがあるとすぐに帰ってきてしまう。そのくせ、あのレストランに行きたいとか、あのお芝居が観《み》たいとか、やたらと外でデートしたがる。

まるで「わがままな娘」をステージで演じているようだった。そう、最初は演じていたのだ。札束で頬を叩《はた》いて自分の体を買い占めている男を、ちょっと困らせてやりたかったのだ。

だがいつからか、演じているのか本気なのか、自分でもわからなくなっていった。食事の途中で席を立てば、たしかに辻垣は困った顔をする。しかし、怒りはしない。いつだって穏やかな口調で、やさしく清奈をなだめてくる。自分は怒るのにも値しない、ただのセックスドールなのか！　と頭にきた。

辻垣がこちらのわがままを受けとめれば受けとめるほど、人間扱いされていないような気がした。最終的には、レストランで頭からワインをかけるようなことまでしたのだが、それでも辻垣は怒らなかった。

怒るかわりに清奈を抱いた。

とびきりねちっこい愛撫《あいぶ》で、挿入前から何度もイカされた。

清奈も乱れた。わがままに振る舞えば振る舞うほど、セックスがよくなっていくことに、清奈は気づいていた。処女喪失から時間が経っていたので、体が慣れてきたというのもあるだろう。怖い、痛い、という地点から始まったものが、結合状態でオルガスムスを得られるようにまでなったのだから、その変化は劇的だった。

辻垣は大嫌いだったが、セックスはよかった。いま考えれば、辻垣に特別なベッドマナーがあったわけではない。そうではなく、金銭を介在させた人間関係の歪《ゆが》みが、セックスになんらかの作用を与えていたとしか思えない。

清奈にしても、心の底から辻垣が嫌いなわけではなかった。数えきれないほど抱かれ、オルガスムスを教えてくれた男を、本気で嫌えるわけがない。

むしろ、好きになりたかった。生まれて初めて、異性に向かって、愛しているとささやきたかった。だが、辻垣は愛妻家で、清奈はお金で買われた愛人だった。好きになってはいけないし、約束の二年が過ぎれば、ふたりの関係は煙のように消えていく……。

せつなかった。

そして、せつない気持ちをわがままでしか表せない清奈は、まるで反抗期の子供だった。

別れは予定より少し早かった。

知りあいになった業界人の勧めもあり、清奈は専門学校を卒業したあと、モデルを目指すことにした。

卒業の半年くらい前から、就職活動のかわりに、オーディションを受けていた。最初から順風満帆にはいかないだろうなと思っていたのに、思いがけずメジャーな雑誌の専属モデルに合格した。

気持ちを切り替え、引き締める必要があった。

愛人をやっていた事実を、誰かに嗅ぎつけられるわけにはいかなかった。

卒業式のある三月を待たず、一月の終わりに自由が丘の部屋を出た。

書き置きも残さなかった。

処女まで捧《ささ》げたのだから文句を言われる筋合いはない、と当時は思っていたけれど、黙って姿を消したことは、いまでも少し後悔している。

3

「どうしたんだい、ぼうっとして？」

辻垣に声をかけられ、清奈はハッと我に返った。庭から差しこむ冬の柔らかな陽光が、処女を捧げた男を照らしていた。

「すいません……なんかちょっと、昔を思いだして……」

「楽しい思い出かな？」

「それもいっぱいありますけど……わたし、ひどかったですよね？　いろんな意味で子供だったし、最後はなにも言わずに部屋を出ていって……ものすごくお世話になっておきながら、後ろ足で砂をかけるみたいな……本当だったら、合わせる顔もなかったのに……」

「気にしてないよ」

辻垣は柔和な笑みを浮かべた。五十代半ばには見えなかった。最後に会った五年前より、痩せて精悍《せいかん》になった感じがした。

「雑誌の専属モデルになったってわかって、出ていった理由は納得できた。これからってときに、変な虫がついているってマスコミに追いまわされたら大変だったものな」

「マスコミに追いまわされるほど売れませんでしたけど……」

「当時はいろんな可能性があったんだ。スキャンダルを警戒したのは間違ってない。僕としてはあと二カ月、一緒にいたかったけど……」

辻垣はテーブルの上で手を組んでいた。指が眼にとまった。左手の薬指に指輪をしていなかった。清奈を抱くときでさえ、決してはずさなかったのに……。

「ああ、これ？」

清奈の視線に気づき、辻垣が笑う。指輪をしていない左手の薬指を撫でる。

「離婚したんだ」

「えっ……」

「もうけっこう前になるな。ビジネスパートナーは続けているけどね、プライヴェートでは関係を清算した」

どうして？　という言葉が、喉元まで迫《せ》りあがってきた。しかし、離婚の理由なんて簡単なものではないだろうし、簡単に訊ねていいものでもない。

黙っていると、辻垣がさもおかしそうに笑いだした。

「いま、理由を訊《き》こうとしてやめただろう？」

「いえ、そんな……」

「遠慮せずに訊いていいよ。キミも関わっていることだから」

「えっ……まさか……奥さんにバレたんですか？」

「そうじゃない」

辻垣は静かに首を横に振った。

「キミのことを忘れられなかったからさ。本当に好きだったんだって、突然目の前から去られて気づいた。僕はね、妻のことも、キミのことも、平等に愛する自信があった。愛し方はそれぞれにしてもね。あんまりこういうこと言うのもあれだけど、キミと付き合っていたとき、僕は妻のことも抱いていた。夫婦である以上、それが当然の義務だと思った。だが……キミを失った瞬間、妻を抱けなくなった。嘘《うそ》を演じることができなくなったんだ。僕が愛していたのは、キミひとりだけだった。妻を抱いていたのは、キミとの楽しい時間を確保するためだった。でも、キミがいなくなってしまったら、意味がなくなった。正直に伝えたよ、もうこれ以上愛することはできないって……」

清奈は言葉を返せなかった。十八歳で辻垣の愛人になったとき、後ろめたさを誤魔化すため、誰に迷惑をかけるわけじゃない、と自分に言い聞かせた。もちろん、彼の奥さんにバレれば、彼女を傷つけることになるとわかっていた。

しかし、辻垣は絶対にバレないようにすると誓ってくれたし、実際最後までバレなかった。にもかかわらず、そんな形でひとつの夫婦関係を壊してしまうことになるなんて……。

「あの……わたし……なんて言っていいか……」

「なにも言う必要はない。これは僕自身の問題だ。キミは責任なんて感じることないよ」

「でも……」

「後ろ向きの話より、前向きの話をしよう。こうして再会したのも、なにかの縁だと思わないか？」

「ええ……それは……」

「僕はいま、晴れて独身の身になった。年の差は変わらないけど、キミも二十五歳の大人の女になった。ラブストーリーの第二章が始まってもおかしくないと思わないかい？」

清奈は一瞬、棒を呑みこんだような顔をしてしまった。現実感がなかったのは、目の前の男が三十歳も年上だからだろうか？　それとも、かつて安くないお金で処女を売り渡した相手だからか？

頭の中は混乱していくばかりだったが、胸が熱くなっていくのをどうすることもできなかった。恋心ではなかった。昔の男に再会し、すぐに気持ちを再燃させることができるほど、女は単純な生き物ではない。

胸を熱くしているのは、安堵だった。助かった、ともうひとりの自分が言った。耳にしたくない浅ましい言葉だったが、それが本音であることを否定できなかった。このどうしようもない窮地から自分を助けてくれる人間がいるとすれば、彼のような男に違いないのだ。

辻垣は本物のセレブだった。彼の経営しているステーキハウスは、港区と渋谷区にしかない。清奈は行ったことがないけれど、ＩＴ長者とかミリオンセラー歌手とかプロ野球選手とか、常連客もセレブばかりらしい。しかも、本当に儲《もう》かっているのは投資のほうだというから、いったいどれだけお金持ちなのか清奈にはリアルに想像することもできない。

そんな男が、キミを忘れられなくて離婚したとまで言ってくれているのである。愛人にすら、学費を援助し、マンションを用意して、分不相応なほどの生活費を渡してくれていた人である。

恋人になったら、もっと扱いはよくなるだろう。

いや、妻の座を射止めたりしたら、どれほど裕福な生活が待っているのか。三十歳の年の差なんて関係ない。辻垣となら、結婚を真剣に考えたっていい。

結局、男に頼るのか……。

自分で自分が情けなくなってくる。

母は自立した女だった。経済的も精神的にも、男に依存しなかった。だから、あれほど奔放に生きていても、堂々と胸を張っていられる。

自分は母のように強くなれない――いくら情けなくても、清奈は白旗をあげるしかなかった。

助けてください、と辻垣の膝にすがりつきたかった。甘崎の件も、殺人ストーカーの恐怖も、彼に頼めばなんとかしてくれるに違いなかった。

恋人を失った悲しみさえ、豊かな生活の中でゆっくりと霧散していくことだろう。いまはまだ愛しているとは言えないけれど、そうなれば自然と、彼を愛するようになっていく。

ようやく未来に光明が差してきた。

今度はしくじったりしない。わがままを言わないで、一生懸命尽くさせてもらう。十八歳の清奈は、セックスを知らなかっただけではなく、世間を知らなかった。男の庇護《ひご》の下でぬくぬくと生きるありがたさを、小指の先ほども理解していなかった。

庇護がなければ、キャバクラでセクハラなのだ。

地元のやくざに共犯者呼ばわりされ、腐臭が漂う悪の世界に引きずりこまれるかもしれないのである。

そのままホテルの部屋にエスコートしてもらってもよかった。

スマートな辻垣は、その前に紅茶のカップをさげさせ、シャンパンを用意させる気遣いを忘れないだろう。シャンパンの多幸感にあふれた酔いと、高級ホテルのふかふかのベッドは、清奈を大胆な女に変える。

もちろん、いきなり大胆ではいけない。辻垣の好みは清純な女だ。最初は、恥ずかしがって震えているくらいでちょうどいい。彼がリードしてくれる。それを受け入れ、花が開花するように淫らに……。

清奈がそこまで考えていたのに、辻垣には部屋にエスコートしてくれるつもりはないようだった。

「まあ、いきなりラブストーリーなんて言われても、キミも困るよな。再会できたのが嬉《うれ》しくて、つい口がすべってしまったけれど、どうだろう？　一週間後に返事を聞かせてもらうっていうのは……」

「前と一緒ですね？」

清奈は口許《くちもと》に笑みを浮かべた。口角をあげるのを忘れなかった。

「学費を援助してくれる話をしてもらったときも、よく考えて一週間後に返事を聞かせてくれって言われました」

もう処女の小娘じゃありませんからいますぐ返事をしてもいいですよ、という顔で言ったのだが、伝わらなかったようだ。

「一週間後に、もし僕の求愛を受け入れてくれる気になったら……別荘に来てくれないか？」

「海辺の別荘？」

辻垣はうなずき、

「時間はそうだな、正午にしよう。場所は……」

「覚えてますよ」

清奈はクスクスと笑った。

「忘れるわけないじゃないですか」

処女を失った別荘だった。その後も、よくふたりで訪れた。奥さんにすらその存在を知らせていないという辻垣の秘密の隠れ家で、三浦《みうら》半島の先っぽのほうにある。

「それじゃあ、わたし、帰ります」

自宅まで送るという辻垣の申し出を断り、清奈はタクシーに乗った。クルマが発進すると、あわててスマホでホテルを検索した。

現在滞在しているホテルは池袋だが、宇田や江尻がまだいるかもしれないと思うと、戻る気にはなれなかった。水道橋《すいどうばし》であらためてビジネスホテルにチェックインした。宿泊代を二重に払うことになるが、まあしかたがない。明日になったら、荷物だけ引きとりに行こう。

　ダウンコートを脱ぎ、ベッドに横たわった。

　殺風景な部屋の景色を眺めながら、あの目白のホテルに泊まりたかったな、と思った。

4

　長い一週間が過ぎた。

　ほとんどホテルの部屋でぼんやりしていたが、美容院には行った。ベージュがかっていた髪色を、真っ黒に染め直した。黒髪のストレートロングは、専門学校時代の清奈のトレードマークだった。辻垣が髪に色を入れるのを許してくれなかったからだ。

「せっかく綺麗な髪をしているのに、染めるなんてもったいない。男はね、女の長い黒髪が好きなんだ。つやつや、さらさら、していればなおいい。清奈の髪は百点満点だ」

　悩みに悩んだすえ、デパートにも行った。白いワンピースを買った。昔、辻垣がよくプレゼントしてくれた。ダサいので外で着ることはなく、もっぱらセックスを始める前に着ていた。

二十五歳になったいま、白いワンピースに袖を通してみると、悪くなかった。ドレスふうのマーメードラインで、袖口がレースになっている。コンサバだな、と苦笑いがもれたが、もう尖《とが》っていた学生時代の自分ではない。コンサバだって着こなせるし、着ていて楽しい。

白いワンピースが思いのほか気分をあげてくれたので、白い下着まで買ってしまった。それもまた、辻垣の好みだった。自分で白い下着なんて買ったことは、いままで一度もない。

そんなに媚《こ》びて恥ずかしくないの？　もうひとりの自分に嘲笑された。いくら笑われたってかまわなかった。

美容院にワンピースに下着――けっこうな散財だった。銀行口座からはすでに残金をすべておろしてある。ホテルの宿泊代を精算すると、手元のお金は二万円を切った。

さすがに震えた。服や下着はカードで支払うべきだったかと後悔したが、来月になったらお金が必要になるわけだから、いずれにしても同じことだろう。辻垣の助けがなければ破産である。

どうせなら、クルマで行きたかったな……。

三崎口《みさきぐち》行きの京浜急行に揺られながら、清奈は胸底でつぶやいた。辻垣は東京からクルマで行くはずなので、なにも現地集合にしないで、ついでに乗せていってくれたらよかったのに。

せっかく新しいワンピースを着ていても、その上がダウンコートだから、気分があがらない。さすがにコートまでは手が出なかったし、一月にトレンチコートではちょっと寒い。海辺に行くならなおさらだ。

それでも、三崎口でバスに乗り換え、車窓から海が見えてくると、心が躍りだした。青く晴れ渡った空の下、冬のやさしい陽光が白い波を照らしていた。清奈にとって、海といえば夏だったが、辻垣は冬の海も好きらしい。当時はよくわからない感覚だったけれど、いまなら少しわかるような気がする。

冬の海には、夏の記憶が残っている。寄せては返す波の姿は、楽しかった夏の思い出を反芻《はんすう》しているように見える。反芻しながら、次の夏に向けて静かに英気を養っている。季節は巡る。結局は同じところに戻ってくる……。

バスを降り、坂道をのぼった。別荘は高台にポツンと一軒だけ建っていて、窓から海を見下ろせる。夏場にここに来ても、海に入った記憶はない。潮風を感じながら、プールで泳ぐのだ。

「待ちかねたよ。かならず来てくれると思っていたけどね」

辻垣が柔和な笑みで迎えてくれた。

中に通されてダウンコートを脱ぐと、

「素敵じゃないか」

白いワンピースを褒めてくれた。

だが、素敵なのはこの別荘だった。こんなに豪華だったろうか、と清奈は眼を見張ってしまった。

リビングに本物の暖炉がある。これのおかげで、外が凍えそうに寒い日でも、別荘全体が常にポカポカと暖かい。リビングは吹き抜けになっていて、高い天井と梁《はり》が見えている。足元には年代物のペルシャ絨毯《じゅうたん》。七、八人は掛けられそうな、総革張りのソファ。アンティークの柱時計。いま気づいたが、額縁に入って飾られている絵はシャガールだった。若いころは価値がわからなかったから、よく見ていなかったのだろう。

「二階に行ってもいいですか？」

「ああ」

辻垣より先に、清奈は階段をのぼっていった。気が急《せ》いていた。一段のぼるごとに、思い出が鮮やかに蘇ってくる。

二階にあるのは寝室だ。観音開きの扉が開け放たれていた。キングサイズのベッドの向こうに大きなガラス戸がある。小走りでそちらに向かった。海が見えた。その景色はよく覚えていた。懐かしさに体が熱くなっていく。

ガラス戸の外はバルコニーになっていて、その下がプールだった。バルコニーとプールは、外付けの螺旋《らせん》階段で行き来することができる。

一月なのでプールの水は緑色に濁っていたが、清奈の記憶の中では、夏の陽光を燦々《さんさん》と浴びて輝いていた。

辻垣は清奈にたくさん水着を買い与えてくれた。一日のうちに、二回も三回も着替えさせられた。

清奈は泳ぐのが得意だし、好きだった。辻垣はプールサイドのサマーベッドで横になっていることが多かった。シャンパンを片手に、まぶしげに眼を細めて、泳ぐ清奈を眺めていた。

清奈は一度だけ、裸でプールに飛びこんだことがある。辻垣に強いられたわけではなく、反抗期の一環だ。

プレゼントされた水着がピンク色の可愛《かわ》い子ぶったデザインだったので、気に入らないと言って脱ぎ捨てた。平泳ぎはさすがに恥ずかしかったから、裸を見せつけてやるとばかりに、背泳ぎで泳いだ。辻垣はひどく悲しそうな顔をしていた。水着を脱がすのは僕の役割だろう……。

「どうぞ」

細長いフルートグラスを渡された。金色の液体が泡をはじけさせている。いつの間にか、ワゴンに載ったシャンパンが運ばれてきていた。

乾杯し、飲んだ。甘かった。辻垣は辛口のシャンパンを好み、実際、アイスペールで冷やされているのは辛口の銘柄だったが、涙が出そうなほど甘美だった。一気に飲み干してしまい、二杯目を注《つ》いでもらう。

もうダメだ……。

清奈は感情があふれだすのに抗《あらが》いきれなくなってしまった。

本当は、大人になったこの体で辻垣の愛を受けとめてから、すべてを切りだすつもりだった。助けを求めるにしても、毅然《きぜん》としていたかった。泣いて膝にすがりつくなんて、自分らしくない。裸で泳いでいたような跳ねっ返りが急にしおらしくなったところで、気持ち悪がられるだけだと思った。

「わたし……わたし実は……」

言葉より先に涙が出た。

「いまボロボロなんです。仕事もないし、お金もないし、変な事件にも巻きこまれてて……」

涙がとまらなくなると、

「初めてだね……」

辻垣にそっと肩を抱かれた。

「僕の前でキミが涙を流したのは、初めてだ……」

たしかにそうだった。泣いたらみじめになると思い、清奈は破瓜《はか》の痛みにさえ涙を流さなかった。泣くくらいならわがままを言った。

「なにも心配しなくていい。どんなトラブルでも、全部僕が解決してやる」

辻垣がこちらを見る眼つきは、異様に熱を帯びていた。どういうわけか、満足げだった。

そうか、と思った。あのころ、清奈が辻垣を怒らせたかったように、辻垣は清奈を泣かせたかったのだ。いや、泣いている清奈を慰めたかった。

自分の不器用さに、心の底から絶望したくなる。

泣けばよかったのだ。体だけを求められるのがつらいならつらいと、はっきり言えばよかったのだ。もっと普通に愛しあいたいと——それが叶《かな》わぬ夢だとしても、口に出さなければ思いは伝わらない。思いが伝わらなければ、もしかするとあるかもしれない解決策も不在なままだ。

手にしていたフルートグラスを取られた。辻垣はそれをワゴンに置くと、清奈の体から白いワンピースを脱がした。清奈はまだ泣いていたが、キスをされると自分から舌を差しだした。

夢の世界が始まるはずだった。

当時はねちっこいところが苦手だった辻垣の愛撫も、二十五歳の成熟した体には心地よく響くことだろう。甘美な思い出に浸りながら乱れていき、快楽の海をどこまでも泳いで、やがて頭が真っ白になるような絶頂がやってくる。

もうなにも考える必要はないのだ。「どんなトラブルでも、全部僕が解決してやる」と辻垣は言った。

憎らしいくらい頼りになる男だった。昔はそういうところに反抗していたけれど、いまは甘えたい。彼にすべて任せておけばいい。自分はただ、彼の腕の中で女に生まれてきた悦《よろこ》びを嚙《か》みしめていれば……。

しかし……。

下着をすべて脱がされたあたりで、すさまじい睡魔が襲いかかってきた。普通の眠気じゃなかった。抗い難い暴力的な力で、清奈の欲情した意識は黒い闇の中に引きずりこまれていった。

5

辻垣は愛撫を中断してベッドから降りた。

清奈のことは裸にしたが、自分はまだ上着を脱いだだけだった。なのに、手のひらにじっとりと汗をかいている。暑かった。裸になることを想定して、暖炉にくべる薪の量をいつもより増やしたせいだろう。

清奈はよく眠っていた。

もっと愛撫を進め、舌先でオルガスムスに導いたあたりで眠りに落ちると思っていたが、シャンパンに仕込んだデートレイプドラッグは、予想より速く効いてくれた。

とはいえ、のんびりしている暇はない。知りあいの医者に頼み、二時間ほどで眼を覚ますように調合してもらった。清奈が眼を覚ます前に、仕掛けをすべて終わらせなければならない。

窓辺に立ち、スマートフォンを手にした。電話の発信ボタンを押し、穏やかに凪《な》いでいる冬の海を眺める。

「もしもし……」

と言っても言葉は返ってこない。彼はしゃべるのが極端に苦手だった。電話はいつも、こちらが一方的に話す。

「出かける準備はできているか？」

言葉は返ってこなくても、緊張が伝わってきた。

「おまえが殺すべき人間と、いま一緒にいる。三浦半島にある俺の別荘だ。すぐに来い。清奈が危ない」

彼はなにごとかわめきだしたが、なにを言っているのかわからなかったので、電話を切った。別荘の詳しい所在地をメールで送る。

時刻は午後零時三十二分だった。

彼は現在、中野にいる。クルマの運転はできないから、電車移動一択だ。ネットで路線情報を調べた。いますぐ部屋を飛びだしたとして、三崎口の駅に到着するのは、最速で二時四十三分だ。

二時台のバスはもうないから、次の発車時刻は三時一分。最寄《もよ》りの停留所に到着するのが三時二十分。そこから歩いて約十分――バスではなくタクシーを使ったり、坂道を駆けあがってくる可能性もあるが、あの男がやってくるのは三時三十分前後と考えていい。

猶予は約三時間ということになる。

ベッドに戻り、裸で眠っている清奈を見下ろした。記憶にあるより、女らしいボディラインになっていた。

五年前とのいちばんの違いは、陰毛がなくなっていることだった。彼女の陰毛はもともとかなり濃かった。美しい顔立ちやスタイルをしているのに、そこだけが野性的で辻垣は好ましく思っていたのだが、パイパンも清潔感があって悪くなかった。

予定では、この段階で清奈を縛ることになっていた。そのためのロープも、クローゼットに用意してある。

しかし、それもなんだか可哀相な気がして、やめることにした。せっかくの美しい裸身を、緊縛で穢《けが》したくなかった。そんなことをしなくても、どうせ清奈にはもう、なにもできない。

「ずいぶんと嘘をついちまったな……」

清奈の幸せそうな寝顔を見ていると、罪悪感が針のように胸を刺した。辻垣に娶《めと》ってもらい、富裕層の仲間入りをする夢でも見ているのかもしれないけれど、それが現実になることはない。

大変申し訳ないが、辻垣はもう実業家ではなかった。投資からも手を引いた。残った財産はこの別荘と七年落ちのＢＭＷ、細々と暮らせば年金生活まで逃げこめる程度の預貯金くらいのものだった。清奈を幸せにしてやることなんてできない。

清奈を失ってから、まるでツキまで失ったように、辻垣は人生の下り坂を転げ落ちていった。レストランの経営はほとんど妻に任せていたので堅調だったが、投資で手痛い失敗が続いた。

いま思えば、すべてに関して精彩を欠いていた。なにもかも完全にカラまわりだった。清奈が突然姿を消したから、ではなかった。それについてはむしろ、肩の荷がおりた気分だった。

清奈の容姿には惚《ほ》れこんでいた。人並み以上に女遊びをしてきた辻垣でも、こんなに綺麗な女は見たことがないと思った。初対面での印象がそうだったし、ただ綺麗なだけではなく、ちょっとした表情や仕草にも女子高生とは思えないほど艶があり、会えば会うほど魅せられていった。

ただ、彼女は面倒くさい女だった。美しい容姿とは裏腹に、内面に大きな欠落を抱えていた。育った環境に関する根深いコンプレックスがあったし、被害妄想もひどかった。

なにより、愛され方が下手《へた》だった。親の愛情が足りなかったのだろうが、辻垣にも責任があった。まともな恋愛を経験する前に愛人として囲われてしまっては、彼女にしても愛され方を学ぶことはできなかったろう。

振りまわされるだけ振りまわされる彼女との逢瀬《おうせ》は、まるで嵐の中にいるようだった。湯水のように金を使ったが、それはいい。清奈が本当に欲しいものは、ブランドものの服やバッグではなく、本物の愛情だった。魂と魂がぶつかりあうような男女関係を、彼女は求めていた。

そんなものを易々《やすやす》と手渡せるはずがなかった。辻垣は妻帯者だったし、三十歳も年が離れていては、まともな恋愛なんて難しい。辻垣にできるのはせいぜい、湯水のように金を使って彼女を甘やかすことだけだった。

もう昔の話だ。

別れてからしばらくの間、彼女のことは忘れていた。過ぎ去った嵐の行方を追うほど、辻垣は暇ではなかった。

思いだしたのは一年ほど前、人生の下り坂をどん底まで転げ落ちたときだ。妻が部下と共謀してクーデターを起こした。辻垣の投資の失敗が、レストラン業務の経営まで逼迫《ひっぱく》させていたので、経営者としては賢明な判断かもしれない。しかし、離婚届まで差しだされたのには、愕然《がくぜん》とするしかなかった。

理由を訊ねると、

「あなたの女遊びはひどすぎる!」

まっすぐに眼を見て言われた。清奈とのことではなかった。週に三日は彼女の部屋に行き、連れだって食事をすることが珍しくなくても、妻には気づかれないように細心の注意を払っていた。浮気を隠蔽するコツは、外での振る舞いではなく、家庭内での振る舞いにある。妻と一緒にいるときは、愛しているのはキミだけだと気遣うことを忘れなかった。

　清奈がいなくなってから、辻垣は風俗を盛んに利用するようになっていた。モデルの卵が在籍するという、高級デリヘルの会員になった。

　清奈とのセックスが忘れられなかったからだ。

　矛盾しているように聞こえるかもしれないが、辻垣の中で整合性はとれている。ひとりの女、ひとりの人間としての清奈は、決して褒められたものではなかった。二年近く一緒にいたのに、愛すべきところをひとつも見つけられなかった。

　しかし、容姿とセックスだけは最高だったのである。

　わがままばかりでどれだけ嫌な思いをさせられても、清奈の服を脱がすときはいつだって胸が高鳴った。彼女がわがままになればなるほど、セックスにのめりこんでいった。ベッドの中では、快楽で支配できるからだ。

　昼は淑女のように、夜は娼婦《しょうふ》のように、というのが男が好むステレオタイプと言われているが、夜の営みを充実させたいなら、昼は性悪《しょうわる》のほうがいい。あれだけ燃えあがり、燃え狂うほどのセックスをした相手は、生涯に清奈ただひとりだけだった。

投資の失敗が続いて気持ちが荒《すさ》んでいた辻垣は、セックスでストレスを解消しようとした。入会金が百万円もする高級デリヘルなら、清奈と同等の、いや清奈以上の女がいるかもしれないと期待した。

失望と落胆が待っていた。どんな女が相手でも、清奈を抱いたときのような満足感は得られなかった。自棄《やけ》になって3Pや4Pをしても、気持ちがさらに荒んでいくだけだった。

そんな状況では自宅にいても妻の顔色などうかがえず、彼女に雇われた探偵に尻《しっ》尾《ぽ》をつかまれた。部屋付き露天風呂で複数の若い女と裸で戯れている写真を突きつけられては、離婚届に判を押すしかなかった。

東京を離れ、この別荘に引っこんだ辻垣は、余生は釣りでもしながらのんびり暮らそうと思った。無理だった。釣りなんて三日で飽きた。こんな退屈な生活に十年、二十年と耐えているくらいなら、いますぐ首でも括《くく》って死んでしまったほうがマシだと思った。

実際、自殺の衝動に駆られた夜が何度もある。

ネットの検索エンジンに清奈の名前を打ちこんでみたのは、そんな夜をやり過ごすためのほんの気まぐれだった。

プロのモデルとなった彼女の画像がたくさん出てきた。懐かしさを覚えるより、美しさに見とれてしまった。ただ、何度も眺めているうちに、物足りなさを覚えた。カメラに向かって気取ったポーズをとったり、澄ました顔をしていても、彼女がいちばん魅力的なのは、セックスのときなのだ。

十八歳から二十歳にかけて、辻垣が愛人として囲っていたときの彼女は、光り輝くダイヤモンドだった。最初は原石だったが、この手で磨きあげた。歯を食いしばって痛みにこらえていた処女を、のけぞってビクビクと全身を痙攣《けいれん》させるまでに仕込んでやった。

あのころの彼女は輝いていた。いや、輝いていたのは彼女だけではなかった。辻垣の人生もまた、あのころは光り輝いていた。レストラン経営はもちろん、投資が順調すぎるほど順調だった。小遣い稼ぎの副業のつもりで始めたのに、いつの間にか本業の収入を軽く凌駕《りょうが》していた。自分には才能があると自惚《うぬぼ》れてもしかたがないくらい、すさまじい勢いで資産が増えていった。

仕事で成功して実に様々なものを手に入れた。タワーマンションの高層階の部屋、海辺の別荘、オーダーメイドのスーツや靴、スイス製の機械式腕時計、三リッターのドイツ車——どれも気に入っていたけれど、十八歳から二十歳にかけての清奈と比べれば、実にありふれたつまらない代物ばかりだった。あのわがまま娘との最高のセックスこそ、自分にとって成功の象徴だったのだと、どん底であえぎながら気づいた。

もう一度抱きたかった。

　関係を修復したかったわけではない。清奈ともう一度だけセックスできたら、この世に見切りをつけられると思ったのである。人生に思い残すことがあるとすれば、清奈と恍惚《こうこつ》を分かちあうこと、ただそれだけだった。

どうやって実現させればいいか、シナリオを練るために調査を開始した。モデル事務所の社長を騙《かた》って探偵を雇い、清奈の素行を洗わせた。

報告があがってくるたびに、暗澹《あんたん》とした気分になった。

ネットで見つけた彼女の画像は、数年前のものばかりだったらしい。現在モデルは廃業寸前で、千葉の実家に引っこんでいるという。

「それでもいろいろオーディションを受けて、再起を図ろうとしているみたいですけどね。まあ、無理でしょう。所属事務所さえ決まらない。前の事務所で、同僚モデルと副社長が不倫しているのを、週刊誌にリークしたらしいんです。そんな女、誰も関わりあいたくないですよ。完全に干されてますな……」

探偵は黄色い歯を剝《む》きだしにして笑った。

ショックだった。

自分の成功の象徴が、どん底に落ちてしまったという事実が重かった。

さらに詳しく清奈の現状を知りたくなった。業者を使ってでは限界があったので、自分で調べることにした。

手始めに、清奈の自宅マンションの隣室を借りた。空き部屋ばかりのマンションだったので、隣室が空いていたのは幸運でもなんでもなかった。

聴診器のような形をしたコンクリートマイクを手に入れ、清奈の動向をうかがった。最初は自慰の声ばかりが聞こえてきて辟易《へきえき》したが、次第にセックスの相手もいない彼女が気の毒になってきた。自慰でもらす声がどこまでも淋《さび》しそうで、辻垣の記憶にある彼女のあえぎ声とはずいぶん違った。

よほど、隣室に乗りこんでいって犯してやろうかと思った。

だが、辻垣は決めていた。彼女を抱くのはあと一回だけ。そして、抱いたあとにはこの世に別れを告げることを……。

事務所に属さないフリーのモデルである清奈は、ファッション雑誌などのメジャーな仕事ではなく、通販サイトのモデルをやって食いつないでいた。二千円のパジャマや五百円の下着を扱っているようなサイトである。

センスのセの字もない化繊のパンティを穿いた彼女の画像を見たときは、悲しくてやりきれなくなった。カメラマンも一流ではないのだろう。写真自体がひどく安っぽくて、見るに堪えなかった。

仕事に恵まれないだけではなく、人間関係もひどいものだった。

地元の不良が集まる薄汚い酒場に出入りしていた。会員制を謳《うた》っていたし、客層がかけ離れていそうなので店に入ることはできなかったが、出入りしている人間の素性は洗った。

犯罪の匂いしかしなかった。ファミリーレストランで交わされていた会話から、ドラッグユーザーであることを確信した。清奈まで麻薬に汚染されているのかもしれないと思うと本当につらくなり、彼らに対して殺意を覚えた。

もうそれほど長く生きているつもりはないから、ひとりやふたりを道連れにしてもよかった。

しかし、殺人は現実的ではないような気がした。格闘しても勝てそうもない若者を、どうやって殺せばいいのかわからなかった。

それより、悪事の現場――たとえば麻薬取引などの証拠写真を押さえ、警察に通報してはどうかと思いついた。清奈の尾行を繰り返したことで、尾行にはある程度自信があった。息をひそめて他人をつけまわすことに、暗い悦びさえ覚えるようになっていた。

不良のリーダー格が乗っているアルファードに、ＧＰＳの発信器を着けた。普段は街から出ない彼が、遠出をしたことが二度あった。

一度目は、清奈を含めた四人で、六本木のカラオケ店に行った。この日は電車移動だった。

二度目は、男ばかり五人でアルファードに乗りこみ、世田谷の住宅街へ向かった。人相の悪い男がふたり加わっていて、麻薬の取引どころではない、きな臭い匂いがした。

辻垣は目立つクルマに乗っているので、尾行には注意が必要だった。何度も接近することは避け、ＧＰＳを頼りにした。

深夜零時過ぎ、五人を乗せたアルファードは、世田谷から千葉に戻ってきた。向かった先は、まわりに住宅など見当たらない廃工場だった。

人数がひとり増えていた。仲間が加わったのではなく、拉致されてリンチを加えられていることは一目瞭然だった。不良たちは揃《そろ》いの作業着を着て、目出し帽を被《かぶ》っていた。被害者は四十代の中年男だった。首にロープをかけられ、台の上に立たされていた。

「川村清奈をレイプしたな？」

「……しっ、しました」

「ようやく認めたな」

「かっ、勘弁してくださいっ……」

たのである。

「レッ、レイプしてっ……すみませんでしたっ……」

辻垣は衝撃を受けた。不良たちは中年男を、清奈をレイプした咎《とが》でリンチしていたのである。

清奈がレイプされた……。

中年男は死の恐怖に泣き叫び、失禁までしていたが、軽薄な業界人ふうだった。清奈を愛人として囲っているときから、辻垣はその手の連中が大嫌いだった。清奈には、なるべく関わってほしくなかった。仕事を餌にセックスすることしか考えていないからである。

辻垣は怒りに震えるあまり、現場写真を撮影するのを忘れた。気がつけば、不良たちが立ち去っていくところだった。

中年男は台の上に立ったままだった。首にロープがかかっていたが、両手は自由になっていた。

アルファードが走り去っていくと、辻垣は廃工場に入っていった。中年男は首のロープを必死になってほどこうとしていた。失禁だけではなく脱糞《だっぷん》もしているようで、悪臭がひどかった。

辻垣は鼻をつまみながら、地面に落ちている免許証を拾った。甘崎敏史という名前らしい。名刺も落ちていた。〈ブリリアント〉――大手の芸能プロダクションだ。肩書きは常務取締役。

まだ首のロープをほどけない甘崎と、眼が合った。涙と鼻水でぐちゃぐちゃになり、正視することができないほど醜い顔をしていた。

「川村清奈をレイプしたのか？」

辻垣は訊ねた。

「しっ、しましたよっ！　したって言ってるじゃないですかっ！」

台を蹴った。

6

辻垣は清奈が不憫《ふびん》でならなかった。

メジャーなモデルとして再起の可能性はなく、つるんでいるのは地べたを這《は》いまわっているゴキブリのような不良たちで、麻薬汚染にレイプ被害……。

十八歳から二十歳までの彼女がキラキラと輝くダイヤモンドだったとすれば、いまは道端に転がっている泥だらけの石のようなものかもしれない。

そんな女に執着している自分が滑稽だった。

それでも、もう一度彼女を抱いてから死ぬというエンディングノートを、書き換える気にはなれなかった。泥だらけの石になった現実を突きつけられてなお、いや、突きつけられれば突きつけられるほど、彼女との燃え狂うようなセックスは記憶の中で鮮烈になっていった。

もしかすると……。

彼女はまだ、泥だらけの石にまではなっていないのではないか、と思った。ただの石、くらいかもしれない。彼女は人生の下り坂を転がりはじめたばかりだった。このままでは間違いなく、泥だらけになるだろうが……。

モデル以外にキャリアがなく、さして頭もよくない彼女が稼ぐ方法は限られている。口が肥えているから、時給の安いアルバイトなんてできない。まずは水商売、そこで悪い男に引っかかって風俗に転落、というのがお決まりのコースだろう。

いまならまだ会員制の高級デリヘルで稼げるかもしれないが、年をとればお払い箱だ。そうなったら、街場のデリヘル、ソープランド、激安ピンサロ、地方の売春小屋と、底辺に向かって堕《お》ちていくばかりに違いない。

不憫だった。

そんなふうになるくらいなら、いまのうちにいっそ自分が……この手で殺してあげれば……。

不穏な発想が頭をかすめたのは、廃工場で中年男の息の根をとめたことと無関係ではなかった。辻垣はすでに、人をひとり殺《あや》めていた。殺人者として、一線を越えてしまった。

清奈を抱き、清奈を殺し、自分も死ぬ——エンディングノートは書き換えられた。あとはどうやって抱き、どうやって殺し、どうやって死ぬかだった。部屋に押しこみ、力ずくで犯して無理心中、みたいなものは嫌だった。もっとスマートにやりたかった。

清奈の監視、盗聴、尾行は続けていた。殺意を抱いたのと前後して、辻垣は自分が、彼女に対して愛《いと》おしさを覚えていることに気づいた。

愛人として囲っていたころ、彼女を愛おしいと思ったことはない。憎んでいたとまでは言わないが、好きではなかった。最高なのは容姿とセックスだけで、あとはどこにも愛すべきところがない女だと思っていた。

なのに、ダイヤモンドの輝きを失い、道端の石ころとなった彼女は、こんなにも愛おしい。

清奈が輝いていたとき、辻垣も輝いていた。人生のピークが一緒だった。そしていま、同じように没落している。ふたりの人生は共振している。ならば……一緒に死ぬことが運命に思えてしようがなかった。

イレギュラーな事態が起こったのは、廃工場で中年男を殺して、数日後のことだった。

自分以外にもうひとり、清奈をストーキングしている男がいたのを発見したのである。

マンションとコンビニの間で、日に三度も見かけた。それも、歩いていてすれ違うのではなく、電信柱の陰に立っていた。枯れ木のように痩せ細った体に、黒いコートをまとっていた。サファリハットを目深に被っていても、虚《うつ》ろな眼つきを隠しきれず、まるで亡者《もうじゃ》さながらだった。

ピンときた。辻垣はちょうど、清奈がかつてストーカー被害に遭ったという話を、耳に入れたばかりだった。清奈が有楽町まで行ったので尾行していくと、女友達と偶然のように再会して、お茶を飲んだ。

女友達は永野莉子という名前だった。辻垣は、永野莉子が清奈と別れてから声をかけた。清奈の見合い相手から素行調査を頼まれた探偵を騙り、話を聞いた。件《くだん》のストーカーは実刑判決を受けたのだが、そろそろ刑期を終えるので、清奈はひどく怯《おび》えていると言っていた。金も渡していないのに、なんでもペラペラよくしゃべる女だった。

「おい……」

男に声をかけた。辻垣は三年前のストーカー事件をネットで詳しく調べてあった。改造拳銃を所持していた、という話に興味を惹《ひ》かれたからだ。

「おまえ、畠中だろう？」

図星だったようで、顔色が変わった。逃げようとしたが、腕をつかんで逃がさなかった。

「俺は警察じゃない。敵じゃなくて味方だ。同類、って言ったほうがいいかもしれないな。俺も清奈をストーキングしている」

畠中は言葉を返してこなかった。うーうー唸《うな》っているばかりなので、最初は口がきけないのかと思った。

「俺は清奈の隣に住んでるぞ」

辻垣が言うと、畠中は唸るのをやめた。

「よかったら一緒に来るかい？」

ついてきた。玄関でばったり会ってしまうことを避けるため、清奈が部屋にいるときは、裏庭に面した窓から出入りしていた。

「これで隣の音を聞いてるんだ」

畠中にコンクリートマイクを見せてやった。

「おまえはなんで彼女のストーキングをしている？」

畠中は曖昧に首をかしげた。

「彼女が好きなのか?」

眼を伏せた。

「好きなのはいい。ただもし、裸をのぞくことが目的だったり、レイプをしようと思ってるなら、俺の敵になるぞ」

畠中は驚いた顔で首を横に振った。「ちがうっ!」と初めて声も出した。

「俺は彼女を守りたいんだ」

辻垣のひと言に、畠中は眼を輝かせた。元が亡者のようだったから、生気を取り戻したというか、死線から蘇った感じだった。

「彼女は美人だが、世間知らずだ。それにつけこんで、体目当てで近づいてくるダニやうじ虫がいっぱいいる。俺はそいつらが許せない……」

うんうん、と畠中はうなずいている。

「実は、もうすでに、ひとり殺している」

辻垣が人差し指を立てると、畠中はさすがに息を呑んだ。

「なんだ? ビビッてるのか? 業界面さげた、クソみたいな中年男だよ。そいつは清奈をレイプしたんだ……」

廃工場で見聞きしたことを話してやった。レイプという単語が出るたびに、畠中は怒りの形相で唇を震わせた。台を蹴って首吊《つ》り自殺させてやったくだりになると、胸の中で快哉《かいさい》を叫んだのがはっきりわかり、辻垣に尊敬のまなざしを向けてきた。

　彼はあきらかに心を病んでいた。元からそうだったとは思えなかった。永野莉子によれば、畠中は清奈の出演するイベントにやってきては、よく声をかけていたらしい。それもかなり粘着質に……。

　畠中は重度のアニメオタクだという。いまや日本を代表する文化となったアニメの愛好家をひと括りにはできないだろうが、部屋に引きこもって動画ばかり観ているのだから、人付き合いがあまり得意ではない、ナイーブな性格の持ち主が多いに違いない。

　そんな男が、ごろつきばかりの刑務所に三年もぶちこまれていたら――健全な精神でいられなくなっても、おかしくないだろう。

　心を病んでなお、清奈のあとをつけまわしている畠中を、辻垣は嫌いになれなかった。この男も、自分と同じ抜け殻だな、と思った。この世への未練が、もはや清奈だけなのだ。

　コンクリートマイクを貸してやった。清奈の部屋と隣接しているのは寝室なので、辻垣は気を利かせてリビングでウイスキーを飲みはじめた。小一時間して様子を見にいった。畠中はコンクリートマイクを耳に装着して壁際に座っていた。赤い顔をして、そわそわと落ち着かなかった。

なにが起こっているのか、容易に察しがついた。清奈が自慰を始めたのだ。彼女はこのところ、部屋に閉じこもってそればかりしている。

「コンビニ行ってくるから、留守番しといてくれ」

再び気を利かせて、外に出た。寝室で自慰をされるのは嫌だったが、我慢させるのも可哀相だった。畠中は三十代半ば、心を病んでも、精力はまだ衰えていないだろう。寝室は畳で、そのときは布団を敷いていなかった。布団の上でないのなら、まあ許してやろう……。

それがよかったのか悪かったのか、部屋に居ついてしまった。しゃべらないし、存在感が希薄なので、邪魔にはならなかった。息を殺して、延々と隣室の盗聴をしていた。辻垣よりはるかに根気があった。

辻垣は、畠中からどうやって改造拳銃を渡してもらうかを考えていた。三年もの実刑を受けたのだから、もう手元にはない可能性が高い。ならば、新しくつくってもらうしかない。

清奈をどうやって死に至らせるかは、まだいいアイデアが浮かんでいなかった。ただ、自分の最期は拳銃自殺がよかった。首吊り自殺がどれだけ無様かは、目の当たりにさせられた。拳銃自殺のほうが、ずっと美しく死ねそうだった。

とはいえ、言葉を発しない畠中は、コミュニケーションに難がある。部屋に居つかせてやったことで多少は信頼してくれているだろうが、彼に伝えやすく、かつ前のめりになってくれるような、改造拳銃の使用目的を考えなければならない。

数日が経ったある日のことだ。

清奈が久しぶりに外出した。夕暮れの少し前だった。

辻垣と畠中は尾行をするために外に出た。最初、畠中は尾行が下手だった。いちおう建物の陰に隠れたりするのだが、清奈が振り返りそうなタイミングで出ていこうとするので、辻垣は驚いて腕を押さえた。

辻垣と違い、畠中は清奈に見つかってもいいと思っているのだ。なんなら、自分の存在を知らせたいという欲望さえあるのかもしれない。

それは困る。どうしたものかと気を揉みながら、清奈の行き先をコンビニと予想し、別のルートで向かった。先まわりするために走った。

「彼女に見つからないよう、細心の注意を払ってくれ。それができないなら、おまえを部屋には置いておけない」

畠中は青ざめた。辻垣の部屋から追いだされるということは、清奈が自慰に耽る声を聞きながら自慰をできなくなるということだからだ。

心を病んでいても、畠中は尾行に注意を払えないほどの間抜けではなかった。その気になってからは、辻垣が心配するような場面はなくなった。

片道二車線の道路を挟んで、反対側の歩道からコンビニを見張った。辻垣の予想はあたり、清奈はすぐに姿を現した。

コンビニには入らなかった。入る前に自転車に乗った男に声をかけられ、ふたり乗りでどこかに走り去っていった。

自転車に乗った男は、清奈の取り巻きである不良のひとりだった。辻垣と畠中は溜《た》まり場に足を向けた。夜になると静まり返っているが、まだまわりの町工場が稼働していて、耳障りな金属音が聞こえていた。

そのDMDというヒップホップ・バーは、辻垣にとって鬼門だった。店内に盗聴器を仕掛けられれば、実に様々な情報を得られそうだった。悪事の計画もそうだし、店内でドラッグの売買だってしているかもしれない。なにより、不良たちと清奈の関係性がつまびらかになる。

しかし、辻垣の年齢でふらりと入っていくのは不自然なところだった。知らない五十代の男が間違えて店に入ってきたというような話が、清奈の耳に入ったりすることも避けたかった。

畠中を見た。この男も無理だな、と残念な気分になった。サファリハットで顔を隠していても、滲《にじ》みでてくる不審なムードがある。だいたい、この男はしゃべるのが苦手だ。酒場に入っても注文ができない。

　三十分ほどで、清奈はＤＭＤから出てきた。家に帰るようだった。辻垣と畠中も別のルートから帰宅しようとしたが、男がひとりＤＭＤから飛びだしてきて、清奈のことを追いかけていった。

　刈谷という名前の巨漢だった。不良のリーダー格で、アルファードのオーナーでもある彼は、店と同じ名前のヒップホップグループを率いている。ツイッターで情報発信しているのを発見したので、個人名がわかった。

　辻垣と畠中は眼を見合わせた。充分に距離をとって尾行していくと、ふたりは清奈の住んでいるマンションに入っていった。

　どういうことだろうか？　辻垣が隣室に引っ越してきて三カ月になるが、いままで清奈が部屋に男を引っぱりこんだことはない。

　辻垣は緊張した。畠中はそれ以上だった。

　裏庭にまわり、部屋に戻った。ふたりで寝室に立ちつくした。コンクリートマイクはひとつしかなかった。畠中が一目散に飛びつくだろうと予想していたのに、遠慮している。聞くのが怖いのかもしれない。辻垣自身がそうだった。

「先に使えよ」

　畠中は首を横に振った。十分くらい、お互いに譲りあっていた。埒《らち》が明きそうもなかったので、辻垣が先に使った。

声が聞こえた。まぎれもない、清奈のあえぎ声だった。自慰のときよりずっと、息のはずみ方が激しい。

辻垣はすぐにコンクリートマイクをはずした。一分と聞いていられなかった。怒りと悲しみが入り混じった激しい感情に、胸を揺さぶられた。嫉妬だったかもしれないが、体が震えだしたほどだった。ピアスとタトゥーがなければ虚勢も張れない、あんな男とセックスしているなんて……。

畠中がコンクリートマイクをつけて壁際に座った。案の定、悲しげに眼を閉じた。この世の終わりのような顔をして、凍りついたように固まっていた。

だが突然、ハッと眼を見開くと、こみあげてくる嗚咽《おえつ》を手で押さえ、壁から離れてうずくまった。

いったいなにが起こったのだ？

理由はすぐにわかった。コンクリートマイクをしなくても聞こえてくるほど、清奈のあえぎ声は大きくなっていた。

あえいでいるのは先ほどと同じなのだが、声の質が全然違った。彼女がセックスのときにもらす声は、か細くて甲高い。オルガスムスに達したときでも、可愛らしい声を出す。

なのにいま聞こえているのは、低く、野太く、どこか人間離れした声だった。交尾中の獣を彷彿《ほうふつ》とさせた。セクシーでもなんでもないのに、発情だけが生々しく伝わってきた。

「イッ、イグッ……イグイグイグイグッ……」

絶頂に達したことを知らせるその濁った声に、辻垣は打ちのめされた。ダイヤモンドが石となり、その石が泥まみれになっていくイメージが、脳裏をよぎっていった。畠中がいなければ、頭を壁にぶつけていたかもしれない。

「……キメセクか」

刈谷がドラッグ常用者であり、あまつさえ売買にまで手を染めているなら、セックスにドラッグを使うことも充分に考えられた。そうとしか考えられないほど、清奈のよがり方は常軌を逸していた。

「ごろす……あいづをごろす……」

畠中は泣きながら畳を搔《か》き毟《むし》っていた。指先から血が出ているのに、いつまでも搔き毟るのをやめようとしなかった。

7

辻垣自身にも、刈谷に対する殺意があった。

かつて光り輝いていたダイヤモンドが、また穢されたのだ。違法薬物を使ったキメセクによって……。

しかし、あのときは、畠中のほうがはるかに怒り狂っていた。興奮に鼻息を荒げ、眼を血走らせていた。

あとから考えると、廃工場で中年男を首吊り自殺させたという話を聞かせたときから、畠中の内面にそういう欲望が芽生えたのかもしれない。清奈に巣くうダニやうじ虫のような男を、ぶち殺してやりたいという……。

もっと言えば、辻垣が洗脳してしまった面もある。清奈を守るというワードを出すと、畠中は眼を輝かせた。反応がいいので、日に何度もささやいた。清奈を穢したやつは地獄に堕ちるべきだと言えば、畠中は辻垣に尊敬のまなざしを向け、異常な興奮状態に陥るのだった。

辻垣は畠中の殺意を利用することにした。

身近な人間、しかも肉体関係のある男が死ねば、清奈の心は不安に揺れるはずだった。自分が近づいていくシナリオが書きやすくなる、と思った。

刈谷の殺害方法について相談しているときのことだ。辻垣の頭には、もちろん改造拳銃のことがあった。それさえあれば殺人なんて簡単だった。

しかし、改造拳銃を使うのは自分が死ぬときだけにしたかった。エゴと言えばエゴだが、辻垣にとっては譲れない一線だった。それに、銃撃事件を起こせば、警察だって黙っていない。面倒なことになる。

「自殺に見せかけて殺すことはできないだろうか。呼びだすことはできると思うんだ。ツイッターのダイレクトメッセージを使えばいい……」

すると畠中は、深夜十一時だったにもかかわらず、部屋から出ていった。翌朝戻ってきたときには、大きなナイロンバッグを肩に掛けていた。

中から出てきたのは、女もののカツラだった。いくつもあった。女装癖まであったのか、と驚いた。畠中は黒いストレートロングのカツラをつけると、ベージュのトレンチコートを着た。その後ろ姿を見て、辻垣は膝を叩いた。

畠中は枯れ木のように細い体をしている。夜目なら後ろ姿が女に見えなくもない。ベージュのトレンチコートは、清奈が着ているものによく似ていた。

清奈が自殺するという情報を刈谷に流し、屋上から突き落とす——一瞬にしてシナリオができあがった。畠中を囮《おとり》にして自分で突き落とすつもりだったが、畠中がうーうーと唸りながら首を横に振った。落とすのは自分にやらせてほしいと、ジェスチャーで伝えてきた。

実際、畠中が殺した。怪文メッセージに釣られて屋上に現れた刈谷は、清奈に扮《ふん》した畠中の後ろ姿を見て鉄柵の外に出た。あとは突き落とすだけだった。給水塔の陰に隠れていた辻垣が後ろから声をかけると、刈谷は情けない悲鳴をあげて振り返った。その無防備な背中を、畠中が後ろからドン。

逃亡ルートはあらかじめ用意してあった。そのマンションの隣は、廃墟《はいきょ》寸前の雑居ビルだった。建物と建物の距離が、違法ではないかと思われるほど接近していた。おかげで、簡単に隣の非常階段に飛び移ることができた。一階まで駆けおりると、すべて裏庭に面した窓から部屋に戻った。救急車やパトカーが来る十五分も前に、すべてを終わらせていた。畠中が朝までひどい興奮状態で、なだめるのが大変だったが……。

共犯者になったことで、辻垣と畠中の絆《きずな》は強くなった。清奈が中野に引っ越すと、自分たちもその近所に引っ越した。今度は隣室には入れなかったが、窓から清奈の部屋が見えた。

畠中は、清奈がキャバクラで働きはじめたことに憤っていた。彼女はコスプレをするべきだと、珍しく言葉に出して言っていた。辻垣は辻垣で、清奈が本格的に人生の下り坂を転がりはじめたことを嘆いていた。早く殺してやらないと、石が泥まみれになってしまいそうだった。

とはいえ、清奈の新天地の調査に手こずり、なかなか動きがとれなかった。同じ飲食業界にいたので、辻垣は歌舞伎町の裏事情に詳しい水商売関係の人間を何人か知っていた。彼らに金を渡して、〈トゥルース〉の周辺を洗ってもらった。ろくでもない情報ばかりが耳に入ってきた。オーナーがやくざとも繋《つな》がりがある半グレだったり、送迎ドライバーが借金もちの元ホストで悪事の匂いが漂ってきたり、そうこうするうちにそのドライバーと清奈ができてしまい、辻垣は心の底から落胆した。

まったく節操がない……。

一方の畠中は殺意をたぎらせていた。送迎ドライバーについて、ホスト時代に客の女を何人もAVに落としたという情報があったからだ。色恋で女を操るのを得意にしている男のようだった。このままでは清奈も毒牙にかかってしまう、というわけだ。

だが、辻垣は気づいていた。畠中は殺人に取り憑《つ》かれていた。送迎ドライバーでも半グレのオーナーでもかまわないから、とにかく清奈を取り巻く悪党を地獄に堕としたくてしかたがないのだった。

ならば、それもまた利用するまでだった。エンディングノートの、最後のピースが見つかったと思った。

「改造拳銃をつくってくれないか？」

そう切りだしたのは、送迎ドライバーを火だるまにしてから、三日後のことだった。

一月三日、清奈はどういうわけか熱海に向かった。〈海鮮料理たなか〉という店に入ると、三十分ほどで出てきて駅に戻った。上りのホームに向かったので、東京に帰るようだった。

辻垣は尾行を畠中に任せ、〈海鮮料理たなか〉に踵《きびす》を返した。食事をするためだけに、わざわざ熱海まで来たとは思えなかった。店に入ると、清奈の目的はすぐにわかった。

母親が働いていた。訊ねるまでもなく、眼鼻立ちがそっくりだった。

しかし、彼女は母親を憎悪していたはずだった。金の無心にでも来たのかもしれないが、たとえそうだとしても、あれだけ嫌っていた母親に会いに来るなんて、メンタルが弱っている証拠だった。目の前で恋人が炭になったのだから、当然と言えば当然だが……。

いまなら彼女の心の隙を突き、接近できると思った。これ以上時間をかけていると、清奈はもっと泥まみれになっていく。まだ輝きの余韻が残っているいまのうちに、一緒に死にたい。

こちらにも、残された時間はあまりなかった。送迎ドライバーをずいぶんと派手なやり方で葬ってしまった。畠中の狂気を増幅させるためだった。証拠を残さないよう細心の注意を払ったつもりだが、警察もいずれなにかを嗅ぎつけるはずだ。

「改造拳銃をつくってくれないか？」

辻垣の申し出を、畠中は最初、激しく拒絶した。遠隔操作で着火できる放火装置をつくったり、クルマのドアロックを解除できたり、畠中の裏知識の豊富さには恐るべきものがあった。手先も異常に器用だった。改造拳銃も造作なくつくれるだろうが、逮捕されてトラウマになっているようだった。

とはいえ、辻垣も諦めるわけにはいかなかった。

「改造拳銃をつくってくれれば、とっておきの情報を教えてやる。刺青《いれずみ》ヒップホップとか、ホスト崩れの送迎ドライバーなんて、はっきり言って雑魚《ざこ》だ。もっと悪いやつがいる。清奈の人生をメチャクチャにした……彼女の体をオモチャみたいにもてあそんでいた……」

畠中の暗い瞳に、鈍色《にびいろ》の光が灯《とも》った。殺意の光だった。ふたり目を殺したことで、彼は殺人の快楽なくしては生きていけない、狂気そのものと化していた。辻垣の思惑通りだった。

翌日から、中野の部屋で改造拳銃づくりが始まった。ベースに使ったモデルガンは、バレルやスライドが普通より長く、グリップが白い象牙調の、美しい拳銃だった。辻垣はひと目で気に入った。手にしてみると、ずっしりと重かった。訊ねる気はなかったが、こんなものをいったいどこで手に入れたのだろうと思った。フルメタルのモデルガンは、それ自体が日本で所持していたら違法なはずだ。

改造拳銃づくりに没頭している畠中を部屋に残し、辻垣はいよいよ清奈にコンタクトをとることにした。彼女が池袋のビジネスホテルに滞在していることはわかっていた。路上で声をかけるだけでよかった。ホテルから出てきた彼女は、ちょっと背中を押しただけで泣きだしてしまいそうなくらい弱っていた。辻垣は勝利を確信しながら、クルマでゆっくりと彼女の後をつけた。

ところが、声をかけるためにサイドウインドウをさげたまさにそのとき、清奈はガラの悪いチンピラたちにつかまった。人相の悪さに見覚えがあった。廃工場で中年男をリンチしていた仲間のようだった。

清奈は逃げようとしたが、腕を取られ、ビルとビルの隙間に連れこまれた。

シナリオにはないアクシデントに、辻垣はパニックに陥りそうになった。思考回路がショートし、金縛りに遭ったように動けなかった。

しかし、放っておいたら石がまた汚される。警察に通報しようかとも思ったが、逆にこれは劇的な再会の演出に利用できるのではないかと思い直した。いくらガラの悪いチンピラでも、命までは取られないだろう。多少の怪我《けが》は覚悟のうえで、助けにいくしかない。

だが、クルマから降りようとすると、清奈が路上に飛びだしてきた。自力で逃げだしてきたようだが、クルマの後ろに向かって走っていった。

辻垣はあわててクルマを発進させた。バックミラーに、清奈を追いかけるチンピラの後ろ姿が見えた。急がなければならなかった。

清奈の逃げる方向を予測し、先まわりすることができたのは、単なる幸運だ。幸運に幸運が重なった。

清奈は自分からＢＭＷのドアを開け、助手席に乗りこんできた。


「……ふうっ」

辻垣はベッドに腰をおろし、枕元の時計で時刻を確認した。

午後二時三十二分。

そろそろ清奈が眼を覚ます。

畠中がここに到着するのは、最速で三時三十分前後。

あと一時間を切った。

畠中がやってきて目撃するのは、情事のあとに殺された清奈の無残な姿ということになる。殺めた辻垣は、逃げも隠れもしない。清奈と愛しあったままの姿で待っている。

事情を知らず、セックスの現場を見たわけでもない者の眼には、清奈をレイプして死に至らしめたようにしか見えないはずだ。

怒り狂った畠中は、あの美しい拳銃をこちらに向け、引き金を引くだろう。我が人生の幕を引く拳銃だ。正式な名称も知っている。ベレッタM92カスタム〝プライヤチャット・ソード・カトラス〟。

最初は自分で自分を撃つつもりだったが、あの男に撃たせてやることにした。畠中は殺人に取り憑かれていた。なんらかの快感を覚えていることは間違いなかった。最後にそれをプレゼントしてやる。

心を病み、ろくにしゃべることもできない男だが、辻垣は畠中のことが好きだった。清奈に対するピュアな愛情を感じた。彼女に拒否されているのに想《おも》いつづける、悲しくも愛すべき存在だった。清奈がこの世からいなくなれば、畠中もまた、この世に生きている意味を見失うだろう。

そうでなくても、この世にあの男の居場所はない。自分と清奈と畠中、三人で一緒に死んだほうがいい――辻垣はいつからかそう決めていた。最後に殺人の快楽を味わわせてやるかわりに、道連れになってもらう。

この部屋で発砲すれば、その銃声音に反応して、電波が飛ぶ仕掛けになっている。改造拳銃の試射をするために畠中と奥多摩《おくたま》に行ったとき、彼には黙って銃声音の音声データを録《と》った。

電波をキャッチするのは、一階に設置してある三台のラジコンカーだ。ラジコンカーは台に載ったポリタンクと紐で結ばれていて、走りだせばタンクが倒れる。一階の床に二〇リットルのガソリンがぶちまけられ、暖炉の火が引火する。ガソリンの入ったポリタンクは他にも五つある。全部で一〇〇リットルだ。一階が火の海になれば次々と引火して、この別荘は炎に包まれる。

手先が器用なわけでもないのに、ずいぶんと頑張ってこしらえた仕掛けだった。間違っても、畠中に清奈の死体を辱めさせるわけにはいかなかった。

畠中は運良く逃れられるかもしれないが、それならそれでいい。どうせあの男は長生きできない。

ただ、自分と清奈の死体だけは、しっかり焼き尽くしてほしかった。この別荘には、ふたりの思い出がたくさんつまっている。夏はプールサイドで、冬は暖炉の前で、飽きもせずに彼女を求めた。カラフルな水着姿で泳ぐ清奈は人魚よりもコケティッシュだったし、燃えあがる炎に照らされながらゆき果てていく表情には、十九、二十歳とは思えない艶《つや》があった。

人生がピークだった思い出とともに、清奈とふたりで炎に包まれる——想像するだけで、恍惚としてしまう。畠中も一緒だが、邪魔者だとは思わない。あの世で清奈と恋仲になれるよう、祈ってやってもいい。自分はもう一度だけ抱くことができれば、それで充分だ。

「んんっ……」

清奈が寝返りを打った。眼を覚ましそうだった。

辻垣は服を脱ぎ、ベッドにあがって清奈の裸身に身を寄せていった。

8

キスをされている——混濁した意識の中で、清奈は思った。唇に唇を重ねられていた。

意識が戻っても、体は動かなかった。心と体を繋ぐ線が切れてしまっている感じで、瞼《まぶた》をもちあげることさえできない。

生温かい舌が、唇を舐めはじめた。やがて、頬を経由して耳に這ってきた。反対の耳も、指で触られていた。敏感な性感帯なのでいつもならビクッとするのに、やはり体は動かない。

ただ、気持ちはよかった。感じるところを刺激されているというより、親猫に傷を舐められている仔猫《こねこ》のような気分だった。もう少しこの気分を味わっていたかったが、乳首を吸われると眼が開いた。徐々にではあるが、手脚にも力が入るようになっていった。

辻垣に愛撫されていた。心配している様子もないので、それほど長い間、意識を失っていたのではないらしい。一分か二分くらいなのか？

それにしても、あの急激な睡魔の正体はいったいなんなのだろう？

ストレスに違いない、と思った。

なにしろ、二週間前に目の前で恋人を焼き殺されたばかりだった。その前には刈谷の死体も見たし、甘崎も死んだ。ストレスがないほうがむしろおかしい状態だった。心身にすさまじい負担がかかってるから、経験したことがないほどの睡魔が襲いかかってきたのだろう。

だが、そのストレスも、いま癒されようとしていた。

辻垣が癒してくれるに違いなかった。

素肌を撫でる手指の感触はどこまでもやさしく、それだけで潤んできそうだった。辻垣はこの体のことを知り尽くしているから、安心して身を任せられる。

左右の乳首を時間をかけて愛撫してくれた。そこがとびきり感じることをわかっているからだ。舌の動きも唇の動きも、記憶通りにねちっこかった。時折甘嚙みされると、身をよじらずにはいられなかった。

両脚を開かれたときは、少し緊張した。パイパンをどう思われるか不安だった。毛のない無防備な花に視線を感じると、体の芯が熱くなった。

尖った舌先が、花びらの合わせ目に這ってきた。清奈はくぐもった声をもらした。辻垣と眼が合った。

「つるつるなのも可愛いね」

辻垣がパイパンを気に入ってくれたようなので、清奈はホッとした。彼はよく、下の毛を褒めてくれた。生え方がセクシーだと何度も言われた。だから、少し心配していたのだ。陰毛がすべてなくなった股間を見られて、落胆されやしないかと……。

その心配はなさそうだった。辻垣は昔と変わらない情熱をもって、舌を動かしてきた。花びらをめくられ、奥のほうまで舐められた。蜜があふれだすと、音をたてて啜《すす》ってくれた。

清奈はのけぞって甲高い声をあげた。

パイパンになってよかったことのひとつに、セックスがある。とくにクンニは三倍くらい気持ちよくなった。陰毛という邪魔がなくなったから、舌の感触がダイレクトに届く。刺激がとてもビビッドだ。

クリトリスを舌先で転がされると、あえぎにあえいだ。手脚はすでに自由に動くようになっていたが、今度は快感で体が制御できなくなっていく。はしたない、と自分を叱った。

辻垣に淫乱だと思われて得することはなにもない。下手をすれば嫌われる。

彼はセックスが大好きだが、精力がありあまっているタイプではない。年齢を考えればありあまっているほうがおかしいが、かつて愛人だったころも、途中で萎えてしまうことがよくあった。

それは辻垣のコンプレックスのようだった。清奈としては、中断されてもべつによかった。他の男を知らなかったので、そういうこともあるのだろう、となんでも素直に受け入れてしまうことができた。

しかし、萎えたときの辻垣は、逆にムキになって清奈をイカせようとした。舌や指やラブグッズを使って、延々と責めてくる。なんだか滑稽だった。いつだって余《よ》裕綽々《ゆうしゃくしゃく》な人が、顔を真っ赤にして必死になっていた。

可哀相なので、意識を集中して早めにイッてあげると、今度は悲しそうな顔をした。女をイカせることに執念を燃やしているくせに、早くイッたり乱れすぎると落胆する、ややこしい男だった。

気を引き締めなければならなかった。清奈は彼の愛人だったころより、セックスの悦びを深く知っている。自分でも淫乱ではないかと怖くなるときがあるくらいだが、我を失うほど激しく乱れるのは、辻垣が射精に達する寸前まで我慢したほうがいい。

大丈夫だろうか？　辻垣の舌使いは熱がこもってくるほどねちっこくなって、二十五歳になった清奈の体を快楽で蝕《むしば》んでいた。すでに奥が熱く疼《うず》いて、刺激が欲しくてしかたがない。

指が入ってきた。さすが処女を捧《ささ》げた男だと唸った。この体のことはなんでもわかっているらしい。

しかし、不安だった。気持ちがよすぎたからである。中に入っている指が快楽のポイントを的確に刺激してきた。外側のちょうど反対側の位置に、クリトリスがある。舌の動きはねちっこくなっていくばかり……。

声をこらえるのが大変だった。もちろん、全部こらえきれたわけではないが、歯を食いしばって八割方は我慢した。わたしは清純な女、わたしは清純な女、と自分に言い聞かせた。

だが、声をこらえていると、快感が体の内側に溜めこまれていくような気がした。首を絞められたときと、似たような現象だ。声をこらえたほうが欲情が高まることを、清奈はこのとき初めて知った。

それでも、なるべく反応は控えめにした。声だけではなく、身をよじるのも懸命にこらえて、シーツを握っている指先だけに力を込めた。

辻垣が知っている清奈は、まぎれもなく清純な女なのだ。処女だったのだから当たり前だ。

浮気だってしていない。専門学校時代にコクられたり、口説かれたりしたことは十回や二十回じゃきかないが、全部断った。わがままばかり言っていたし、約束より二カ月も早く部屋を出ていったりしたけれど、辻垣しか男を知らないまま彼の元を去ったことは、清奈の小さな誇りだった。

辻垣が覆い被さってきた。清奈は両手をひろげて彼を迎えた。キスをされた。ねっとりと舌をからめあいながら、ペニスがじわじわと入ってくる。正常位のとき、彼はいつもそうやって清奈とひとつになる。

コンドームはしていなかったが、べつにいい。ピルだってもう飲んでいないけれど、中で出したければ出してもらってかまわない。

結合が深まっていくほどに、口づけは唾液が糸を引くほど濃厚になっていった。混じりあった唾液を、清奈は嚥下《えんげ》した。甘かった。いい兆候だった。相手の体液を甘く感じるのは、心が傾いているなによりの証拠だ。

ペニスが奥まで入ってきた。

辻垣は決して激しく動かない。ゆりかごを揺らすようなやさしい腰使いで突いてくる。浅瀬で執拗に動いたり、そうかと思うと突然深いところまで入ってきたり、結合の深度に変化をつけるのが特徴だ。

清奈は辻垣の背中に両手をまわした。開いた両脚を、彼の腰の上で交差させた。たまらなく気持ちよかった。ペニスが特別大きいわけでもないし、腰使いに迫力があるわけでもないのに……。

セックスは肉体的な興奮だけでは成り立たない。できないことはないが、味気ない。恋愛感情というベースがあり、その上に肉体的な興奮が重なるのがいちばんいい。恋心が燃えていればいるほど、セックスも燃える。

清奈はまだ、辻垣を愛していなかった。しかし彼は、他の誰よりも心の平穏を与えてくれる。腕の中にいると安心する。すべて委ねてしまえばいいのだという信頼感がある。だからこんなにも気持ちいい。

イッてしまいそうだった。清純な女でいなければならないのに、下半身のいちばん深いところが、耐えがたいほど疼いている。

いくら気持ちを引き締めようとしても、次々と襲いかかってくる快感がそれを阻んだ。ここまで感じているのにオルガスムスを我慢するのは、溶けてしまったバターを指先で固形状に戻すくらい難しい。

「イクッ！」と叫ばなければバレないのではないか、と小ずるい考えが脳裏をよぎった。絶頂に達するとき、それを口にしたほうがいいと清奈に教えてくれたのは、他ならぬ辻垣だった。

「男は女をイカせるために一生懸命頑張ってるんだ。『イクウウウーッ！』っていう女の叫び声を聞くと、ものすごく満たされる。だからなるべく言ってほしい。最初は恥ずかしいかもしれないけどね」

黙ってイッたことを辻垣が察してしまったら、教えを守らないダメな教え子になってしまう。そんな形で、彼を失望させたくなかった。昔の教えをいまでも健気《けなげ》に守っている、可愛い教え子だと思われたい。

とはいえ、オルガスムスの予兆は一秒ごとに切羽つまっていく。全身が快楽に痺《しび》れきって、イキたくてイキたくてたまらない。

しかも、ここへきて辻垣がピッチをあげた。赤ちゃんが乗っていたら泣きだしてしまいそうなくらい、ゆりかごが揺れている。

歯を食いしばり、力の限り辻垣にしがみついてなんとかこらえていると、

「実は久しぶりのセックスなんだ……」

荒々しい吐息とともに、耳元でささやかれた。

「ずいぶん溜めこんでいるから、もうイッてしまいそうだ。ちょっと早いけど、出していいかい？」

清奈はコクコクとうなずいた。朗報だった。彼が射精前の熱狂状態に入れば、こちらだって乱れても大丈夫だろう。

とはいえ、少しだけ気持ちが荒んだ。早く出そうなのはべつにいいが、昔の辻垣なら、「久しぶりのセックス」とか「ずいぶん溜めこんでいる」なんて絶対に言わなかった。それが事実だとしても、「キミの体が素敵だから」と言ってくれたに違いない。

まさか、抱き心地が悪くなっているのだろうか？

辻垣は清奈が本当に清純だったころを知っている。当時と比べられ、落胆されているのでは……。

背筋が寒くなった瞬間、辻垣が上体を起こした。えっ？　と思った。最後は強く抱きしめてくるのが、彼のやり方ではなかったろうか。この体にはもう、抱きしめる価値もなくなったのか……。

上体を起こした辻垣は、清奈の足首を両手でつかんだ。両脚をVの字に持ちあげられた。なるほど、と清奈は合点がいった。そうやって結合部をのぞきこんでくるのが、昔から好きな男だった。清奈が恥ずかしがるからだ。処女を失ってからしばらくの間は、本当に恥ずかしくてしかたなかった。

「みっ、見ないでっ……」

清奈は両手で顔を覆った。二十五歳にもなってなにやってんの？　ともうひとりの自分が言った。情けなくて涙が出そうだった。浅ましいほど媚びを売っていた。だが、他にどうすればいいというのだろう？　時間を巻き戻せない以上、演技するしかないではないか。

「見ないでっ……見ないでっ……」

両脚がVの字からMの字に変わった。両膝がベッドにつくほど、大胆にひろげられた。

清奈の両手は顔を覆ったままだった。恥ずかしい格好をさせられていることより、恥ずかしがっているふりをしているほうがよほど恥ずかしく、手のひらが火傷《やけど》しそうなくらい顔が熱くなっていた。それでも頑張っていやいやと身をよじっていると、首をつかまれた。

清奈は驚いて、顔を覆っていた両手を離した。辻垣を見上げると、怖いくらいに険しい表情でこちらを見下ろしていた。

首を絞められた。ペニスは動きつづけていた。辻垣にしては珍しく、激しい連打を送りこんできた。

ダメッ！　叫びたくても、首を絞められていては声を出せない。

辻垣は鬼の形相で容赦なく首を絞めてきた。両脚の間を貫いているペニスが、にわかに硬さを増した気がした。

意識が薄らいでいくのを、清奈は感じた。眼の焦点が合わなくなり、耳が遠くなっていった。酸欠状態にシンクロして、体中の性感という性感が、春の訪れた花畑のように、いっせいに花を開いていく。

清純な女でいられなくなる！

ダラリと舌を伸ばし、口から涎《よだれ》を垂らしながら、清奈は絶望した。

すぐに最初のオルガスムスが訪れた。清純さに泥を塗ったことを嘆いている暇はなかった。衝撃的な快感が電流のように体の芯を走り抜けていき、頭の中が真っ白になった。体中の肉という肉を痙攣させながら、辻垣はすごい男だと思った。どうして首絞めセックスが好きなことに気づいたのだろう？　処女を奪った女のことは、本当になんでもわかってしまうのか。

二度目と三度目のオルガスムスが立てつづけに襲いかかってきた。もうお手上げだった。自分の顔がどうなっているのか考えたくなかった。辻垣には失望されるだろうが、四度目の絶頂に達すると、そんなことさえどうでもよくなった。気持ちがよすぎて、頭がどうにかなりそうだった。

とはいえ、息苦しさはそろそろ限界に達しようとしていた。イッても辻垣が首を絞める力を弱めてくれないので、このままでは失神してしまいそうだった。それならそれでいいと思った。失神どころか、もう死んでもいいと思いながら、清奈は五度目の絶頂に達し、そこからイキッぱなしになった。快感のピークが続く嵐の中で、意識が闇に吸いこまれていくのを感じた。

ゴンッ、という鈍い音がして、突然動きがとまった。次の瞬間、首から手が離れ、辻垣がいなくなった。なにが起きたのかはわからなかったが、彼自身の意思でベッドから降りたのではないことは、直感で感じとれた。

清奈は激しく咳《せ》きこんでいた。ほとんど意識を失っていたはずなのに、生存本能が働いていた。咳きこみながら、必死になって息を吸いこんだ。

「いい格好だねえ、清奈ちゃーん」

「ツルマンがたまらねえな。本気汁垂らしてエロすぎるぜ」

清奈の体にはオルガスムスの余韻がまだしっかりと残っていた。体中が痙攣しつづけているので、脚を閉じることさえできなかった。

それでもなんとか薄眼を開けた。

宇田と江尻が立っていた。鉄パイプを肩に担いで……。

「池袋で助けてもらったお礼にオマンコさせたのかい？」

「じゃあ、おっさんには感謝してもらわねえとな。俺らのおかげで、正義の味方になれたんだ」

「でも、俺らにナンバープレート見せたら終わりだよ。絶対に逃がさねえ」

「それにしてもよう……」

宇田がベッドの横側を見やった。

「死んじゃったんじゃねえの、このおっさん。頭に思いっきりいったろ？」

清奈は彼らの視線を追って、ベッドの横側を見た。辻垣がうつ伏せで倒れていた。パックリと頭が割れ、ピクリとも動かず、床に赤い血がひろがっていく。

死んでいるようにしか見えなかった。あまりの衝撃に悲鳴をあげることもできないまま、清奈はただ呆然《ぼうぜん》とするばかりだ。

「死んだら死んだでしょうがねえべ。あとで海にでも捨てにいこうや」

「そんなことより、まずは清奈ちゃんとラブラブしよう」

「そうだな。彼女も準備万端みたいだしな」

ふたりの眼がこちらを向いた。瞳を邪悪に光らせ、口許《くちもと》に残忍な笑みを浮かべながら……。

清奈はなんとか両脚を閉じたが、それが精いっぱいの抵抗だった。恐怖に身がすくみあがり、声も出せない。

「俺から先にいただいていいよな？　スタンガンの借りがある」

宇田が言い、

「しゃーねーか」

江尻は苦笑しながらうなずいた。

「じゃあ俺はカメラマンだな。チンポしゃぶってもらいながら撮影しよっと」

ふたりが競うようにしてズボンとブリーフを脱ぎ、大蛇のようにそそり勃《た》った男根を露《あら》わにしたときだった。

開けっ放しになっていた扉から入ってくる人影があった。まるで悪臭を孕《はら》んだ風が吹きこんできたようだった。

紫色の長い髪をした女――いや、病的に痩せた中年男が女装している。スポーツブラのような黒いタンクトップに、デニムのホットパンツ。狂気ばかりを撒《ま》き散らしながら寝室に入ってきたのは、畠中だった。

頰がげっそりと瘦《こ》け、少し人相が変わっていたが、その格好でわかった。ただの女装ではなく、コスプレだった。『ブラック・ラグーン』のレヴィである。両手にはグリップが白い二丁の拳銃……まさか……。

「なんだテメエ、お取り込み中に……」

「この家の人間か？」

宇田と江尻がヘラヘラ笑いながら近づいていく。下半身は裸のままでも、鉄パイプを担ぐのは忘れていない。

「気持ちの悪い野郎だな。女装なんかしやがって」

「そのモデルガンで泥棒退治かい？　やってみろよ、バーカ……」

江尻が言いおわる前に、畠中は銃口を向けて引き金を引いた。ズドンッ！　と撃ち抜いたのは、勃起したままのペニスだった。

野太い悲鳴をあげて床にひっくり返った江尻に向けて、畠中はなおも引き金を引いた。ズドンッ、ズドンッ、ズドンッ、と二丁の拳銃で十発くらい撃った。江尻の頭部は原形がなくなり、首のない死体のようになった。

「なっ、なんだっ……なんなんだ、テメエは……」

宇田は顔面蒼白《そうはく》で、力なく鉄パイプを振りまわしながら後退《あとずさ》った。大蛇のようだったペニスが、小指の先くらいに縮んでいた。

いくら暴力の匂いを隠さないやくざ者でも、震えあがって当然だった。

女装をした畠中は、吐き気がするほど気持ち悪かった。それが江尻を殺したことで、戦慄を誘うおぞましいオーラに転化した。銃を持って殺気をみなぎらせている人間は、見た目が気持ち悪ければ気持ち悪いほど、怖い。

畠中は宇田に向かって銃口を向け、狙いを定めながら近づいていった。

「うっ、撃つな……」

宇田が鉄パイプを捨て、両手をあげる。

「撃たないでくれ……なっ？　頼むから……」

壁際に追いこまれた宇田の口に、畠中は銃口を突きつけた。左手に持った拳銃だった。宇田の唇はぶるぶると震えていた。銃口がそれをめくりあげて、口の中に押しこまれていく。

宇田は失禁したようだった。足元に水たまりがひろがっていった。銃口を突っこまれた口でなにか言っているが、言葉は聞きとれない。

ペニスはもう、体の内側にめりこんでしまったのではないかと思うくらい、存在感がなかった。ふたつの睾丸《こうがん》だけが、股間にぶらさがっていた。畠中は右手に持った改造拳銃を、そこに向けた。睾丸に狙いを定めた。宇田は銃口を突っこまれた口で泣き叫んでいる。

畠中が引き金を引いた。左右同時にだ。睾丸と喉を撃ち抜かれた宇田は、たぶんその時点で絶命していた。壁に寄りかかったままずるずると腰を落としていくと、畠中は一歩さがり、江尻にやったのと同じ要領で、二丁拳銃を乱射した。宇田の頭部の原形がなくなるまで、引き金を引きつづけた。

清奈は震える体をぎゅっと丸めた。畠中がこちらにやってきた。殺される、と思った。あの男の本命は自分なのだ。殺されないわけがなかった。

一歩、二歩、と死の恐怖が迫ってくると、清奈も失禁した。お尻の下がじわっと生温かくなった。まだ死にたくなかった。

いや……。

殺される前に犯されるのかもしれない――そう思うと、完全に生きた心地がしなくなった。

改造拳銃を持っているどころか、レヴィのコスプレまでしているなんて、完全に計画的犯行だった。宇田や江尻がここにいたのは、彼にとっては偶然だろう。畠中は辻垣を殺すつもりだったのだ。そして、清奈をこの別荘で監禁しようとしていた。

恨みを晴らすために……。

殺す前に、涙が涸《か》れるまで辱めるために……。

交渉してみたらどうか、と清奈はパニック寸前の頭で考えた。命を助けてくれるなら、この体を好きにしていいと……やさしく抱いてくれるのであれば、こっちもたっぷりサービスしてあげると……。

もちろん、このおぞましい男に、ただ抱かれるわけにはいかない。隙を見て改造拳銃を奪いとる。片山の仇《かたき》をとってやる。この状況なら正当防衛が成立する。撃ち殺しても罪には問われない。

畠中がベッドのすぐ側《そば》までやってきた。清奈の中で小さくあがりはじめた反撃の狼煙《のろし》は、一瞬で消えた。交渉するのは無理だと思った。畠中は正気を失っているように見えた。ひどい興奮状態で、眼は血走って瞳孔が開き、涎を垂らしながら荒々しく息をはずませていた。

改造拳銃を奪いとるのも難しそうだった。痩せ細った畠中は弱そうだったが、清奈のほうも腰が抜けたような状態になっている。

畠中がどんなセックスをするのか知らないが、アニメオタク、ストーカー、残虐な殺人鬼、おまけに女装である。変態性欲者の予感しかしない。そもそも腰が抜けているのに、屈辱的な変態プレイを強要されたら、魂までも潰される。大立ちまわりなんてできるわけがない。

限界まで体を丸め、ぶるぶる震えている清奈を、畠中は見ようとしなかった。ベッドの横側を見ていた。

血の海の中で、辻垣がうつ伏せで倒れていた。その横顔をのぞきこむと、畠中はひどく悲しそうな顔をした。

どういうことだろう？　と清奈は疑問に思った。殺そうと思っていた男の死を確認して、畠中はなぜ悲しそうな顔を……。

畠中の表情は悲痛になっていくばかりだった。顔をくしゃくしゃにして、涙まで流しはじめた。号泣するのではないかと思ったほどだが、そのとき、別荘の異変に清奈は気づいた。

燃えていた。

開け放たれたままの扉の向こうで、オレンジ色の炎が轟々《ごうごう》とあがっていた。

畠中も気づき、様子を見にいく。すぐに踵を返してきた。首を横に振っている。一階へ行くのは無理だという意味か？

清奈は動けなかった。腰が抜けたようになっているせいだけではなかった。どうせ殺されるという諦観が、火事に驚く気力も奪っていた。

畠中は小走りで窓辺に向かった。ガラス戸を開け、バルコニーと螺旋階段を発見した。こっちに来いと手招きしている。

清奈は動けなかった。いや、動かなかった。助けてもらえる、とは微塵《みじん》も思えなかったからだ。ここで殺されないということは、犯されてから殺される、というさらに悲惨な運命が待ち受けているのである。

ならば、辻垣のいるこの場所で……。

楽しかった思い出とともに、炎に包まれたほうが……。

ドーンッ、ドーンッ、と一階から爆発音が聞こえてきた。

清奈は耳を塞いで悲鳴をあげ、畠中は二丁拳銃を床に放り投げた。紫色のウィッグも脱ぎ捨てると、こちらに駆け寄ってきた。清奈は手を取られ、強引に立ちあがらされた。全裸のままだ。

「いやっ！　見ないでっ！」

火の手はすでに二階の寝室の中まで入ってきていた。真っ黒い煙とオレンジ色の炎が、まるで生き物のように蠢《うごめ》きながら侵入してきて、熱気に肌を焦がされそうになる。

服を着ている暇はなかった。畠中に手を引っぱられ、清奈は窓辺に向かった。腰から下にまったく力が入らなかった。覚束《おぼつか》ない足取りでバルコニーに出た。急いで螺旋階段を駆けおりるのは無理そうだったが、火の手はもう背後まで迫っている。寝室のガラスが割れた。バリンッ！　バリンッ！　と爆発するような音をたてて次々と割れ、煙と炎が外まで出てきた。

それでも清奈の脚はろくに動かず、いまにも螺旋階段から転げ落ちてしまいそうだった。また大きな爆発音がした。恐怖に身がすくみ、階段から足を踏みはずした。もうダメだと眼をつぶった。

後ろにいた畠中が支えてくれた。というか、抱きしめられた。ふっと足が浮いた。畠中は抱きしめてきたのではなく、抱きあげようとしていたらしい。枯れ木のように痩せ細っているくせに、どこにそんな力があるのかと思った。お姫さま抱っこで抱きあげられると、下に向かって放り投げられた。

螺旋階段の下は、緑色に濁った一月のプールだった。汚さは我慢できても、冷たさはどうにもならない。落ちた瞬間、心臓が停まったと思った。

呆然とした表情で水面から顔を出すと、畠中の姿がなかった。螺旋階段は煙と炎に包まれていた。畠中はそこから飛びだしてプールサイドまで走ってくると、あお向けになってジタバタと手を動かした。背中が燃えたようだった。

冬場にもかかわらず、極端な薄着だったのが幸いしたらしい。起きあがると黒いタンクトップの背中の部分が焼け落ち、ひどい火傷で皮膚がベロリと剝がれていた。シャツや上着を着ていたら、それが燃えてもっとひどいことになっていたかもしれない。

清奈の歯はガチガチと鳴っていた。水の冷たさに気が遠くなりそうだったが、首まで浸《つ》かっていた。全裸でプールから出ることはできなかった。

裸で出たら、犯される……犯されて、殺される……。

畠中はもう改造拳銃を持っていなかった。しかし、この男は人を殺すことをなんとも思っていない残虐な殺人者だ。宇田と江尻は、ペニスや睾丸を撃たれ、亡骸《なきがら》になってまで弾丸を撃ちこまれていた。やり方がむごたらしすぎるし、見た目とは裏腹に力も強かった。弱りきったいまの清奈が相手なら、素手でも犯したり殺したりできるはずだ。

ところが……。

畠中は乱れていた呼吸を整えると、じゃあ、とばかりに清奈に向かって小さく手をあげ、その場から立ち去っていこうとした。

「ちょ、ちょっと待ってよ！」

反射的に叫んでしまった。

「あなたいったい、なにがしたいの？　わたしを殺したかったんじゃないの？」

畠中は立ちどまり、下を向いて何事かぶつぶつ言っている。

清奈は冷たい水の中を歩いて近づいていった。

「ぼくは……ただぎみを……まもりたかった……だけ……」

一月のプールより濁った声で、畠中は言った。

「まもりたかった……だけ……」

狂ってる、と清奈は胸底で吐き捨てた。

「なに言ってるのよっ！　片山さんを殺しておいてっ！」

「あのおどこは、ぎみをえーぶいにうるつもりだった……」

「えっ？」

「もどほすどで、そういうごとなんどもしでる。しらべればわがる……」

清奈は言葉を返せなかった。片山が元ホストという話は聞いたことがあった。本人からではない。〈トゥルース〉の女の子たちがよく噂《うわさ》していた。相当あこぎなことをしていたらしいと……。

清奈は信じなかった。キャバクラの待機室に蔓延《まんえん》している噂話なんて根も葉もないデタラメばかりだな、と腹の中で笑っていた。清奈が接している片山は、あこぎでもなんでもなかった。ちょっと愛が重いだけで、誠実な男だった。

だが……。

まさかあの噂は本当なのか？

「かぜ、ひがないで……」

畠中は背中を向けて歩きだした。火傷で赤黒いまだらになっていた。それが見えなくなると、清奈はようやくプールから這いあがることができた。吹きつけてくる熱風が、濡《ぬ》れた裸身を嬲《なぶ》った。

目の前で思い出の別荘が燃えていた。中で辻垣が死んでいる。彼がエスコートしてくれるはずだった夢のような未来は、もうなくなった。その現実を突きつけるように、別荘は黒い煙をもくもくとあげながらオレンジ色の炎の中に崩れ落ちていった。

本書は書き下ろしです。
本作品はフィクションです。実在の個人、団体とは一切関係ありません。
（編集部）

実業之日本社文庫　好評既刊

草凪 優
黒闇
最底辺でもがき、苦しみ、前へ進み、堕ちていく不器用な男と女。官能小説界のトップランナーが、人間の性と生を描く、暗黒の恋愛小説。草凪優の最高傑作！
く66

草凪 優
知らない女が僕の部屋で死んでいた
眼が覚めると、知らない女が自宅のベッドで、死んでいた。女は誰なのか？ 記憶を失った男は、女の正体を探る。怒濤の恋愛サスペンス！（解説・東えりか）
く67

草凪 優
アンダーグラウンド・ガールズ
東京・吉原の高級ソープランドが廃業した。人気の嬢たちはデリヘルを始め、軌道に乗るも、悪党共の手により…。女たちは復讐を誓う。超官能サスペンス！
く68

草凪 優
冬華と千夏
近未来日本で、世界最新鋭セックスAIアンドロイドがデビュー。人々は快楽に溺れる。仕掛け人は冬華。著者渾身のセクシャルサスペンス！（解説・末國善己）
く69

池井戸 潤
空飛ぶタイヤ
正義は我にありだ──名門巨大企業に立ち向かう弱小会社社長の熱き闘い。『下町ロケット』の原点といえる感動巨編！（解説・村上貴史）
い111

実業之日本社文庫　好評既刊

池井戸 潤
不祥事
痛快すぎる女子銀行員・花咲舞が様々なトラブルを解決に導き、腐った銀行を叩き直す！ テレビドラマ「花咲舞が黙ってない」原作。（解説・加藤正俊）
い11 2

池井戸 潤
仇敵
不祥事を追及して職を追われた元エリート銀行員・恋窪商太郎。彼の前に退職のきっかけとなった仇敵が現れた時、人生のリベンジが始まる！（解説・霜月 蒼）
い11 3

伊坂幸太郎
砂漠
この一冊で世界が変わる、かもしれない。一瞬で過ぎる学生時代の瑞々しさと切なさを描いた一生モノの傑作長編！ 小社文庫限定の書き下ろしあとがき収録。
い12 1

伊坂幸太郎
フーガはユーガ
優我はファミレスで一人の男に語り出す。双子の弟・風我のこと、幸せでなかった子供時代のこと、「アレ」のこと。本屋大賞ノミネート作品！（解説・瀧井朝世）
い12 2

植田文博
99の羊と20000の殺人
寝たきりで入院中の息子の病名を調べてほしい――。凸凹コンビの元に、依頼が舞い込んだ。奇病の謎を追う、どんでん返し医療ミステリー。衝撃の真実とは!?
う6 1

実業之日本社文庫　好評既刊

大山誠一郎
アリバイ崩し承ります
美谷時計店には「アリバイ崩し承ります」という貼り紙がある。店主の美谷時乃は、7つの事件や謎を解決できるのか!?（解説・乾くるみ）
お81

今野 敏
マル暴総監
史上〝最弱〟の刑事・甘糟が大ピンチ!?　殺人事件の捜査線上に浮かんだ男はまさかの……痛快〈マル暴〉シリーズ待望の第二弾！（解説・関口苑生）
こ213

沢里裕二
処女刑事　歌舞伎町淫脈
純情美人刑事が歌舞伎町の巨悪に挑む。カラダを張った囮捜査で大ピンチ!!　団鬼六賞作家が描くハードボイルド・エロスの決定版。
さ31

沢里裕二
処女刑事　六本木vs歌舞伎町
現場で快感!?　危険な媚薬を捜査すると、半グレ集団、芸能事務所、大手企業へと事件がつながり、大抗争に！　大人気警察官能小説第2弾！
さ32

沢里裕二
処女刑事　大阪バイブレーション
急増する外国人売春婦と、謎のペンライト。純情ミニパトガールが事件に巻き込まれる。性活安全課は真実を探り、巨悪に挑む。警察官能小説の大本命！
さ33

実業之日本社文庫　好評既刊

沢里裕二

処女刑事　横浜セクシーゾーン

カジノ法案成立により、利権の奪い合いが激しい横浜。性活安全課の真木洋子らは集団売春が行われるという花火大会へ。シリーズ最高のスリルと興奮！

さ3 4

沢里裕二

処女刑事　札幌ピンクアウト

カメラマン指原茉莉が攫われた。芸能プロ、婚活会社、半グレ集団、ラーメン屋の白人店員……事件はつながっていく。ダントツ人気の警察官能小説、札幌上陸！

さ3 6

沢里裕二

処女刑事　東京大開脚

新宿歌舞伎町でふたりの刑事が殉職した。その裏には、東京オリンピック目前の女子体操界を巻き込むスキャンダルが渦巻いていた。性安課総動員で事件を追う！

さ3 8

沢里裕二

処女刑事　性活安全課VS世界犯罪連合

札幌と東京に集まる犯罪者たち――。開会式を爆破!?　松重は爆発寸前!!　処女たちの飽くなき闘い。豪華キャストが夢の競演！　真木洋子課長も再び危ない!?

さ3 10

沢里裕二

極道《クロ》刑事　新宿アンダーワールド

新宿歌舞伎町のホストクラブから女がさらわれた。拉致したのは横浜舞闘会の総長・黒井健人と若頭。しかし、ふたりの本当の目的は…。渾身の超絶警察小説。

さ3 5

実業之日本社文庫　好評既刊

沢里裕二
極道刑事　東京ノワール
渋谷百軒店で関西極道の事務所が爆破された。カチコミをかけたのは関東舞闘会。奴らはただの極道ではなかった…。「処女刑事」著者の新シリーズ第二弾！
さ3 7

沢里裕二
極道刑事　ミッドナイトシャッフル
新宿歌舞伎町のソープランドが、カチコミをかけられた。襲撃したのは上野の組の者。裏には地面師たちのたくらみがあった!?　大人気シリーズ第3弾！
さ3 9

沢里裕二
極道刑事　キングメーカーの野望
政界と大手広告代理店が絡んだ汚職を暴くため、神野が闇処理に動くが……。風俗専門美人刑事は、体当たりの潜入捜査で真実を追う。人気シリーズ第4弾！
さ3 12

沢里裕二
湘南桃色ハニー
ビールメーカーの飯島は、恋人を寝取られたことをきっかけに己の欲望に素直になり……。ビーチで絡み合う水着と身体が眩しい、真夏のエンタメ官能コメディ！
さ3 11

沢里裕二
アケマン　警視庁LSP　明田真子
東京・晴海のマンション群で、演説中の女性都知事・桜川響子が襲撃された。LSP明田真子は身体を張って知事を護るが……。新時代セクシー&アクション！
さ3 13

実業之日本社文庫 く6 10

私《わたし》を抱《だ》くと死《し》ぬらしい

2022年2月15日　初版第1刷発行

著　者　草凪《くさなぎ》 優《ゆう》

発行者　岩野裕一
発行所　株式会社実業之日本社
〒107-0062　東京都港区南青山5-4-30
emergence aoyama complex 2F
電話 [編集]03(6809)0473 [販売]03(6809)0495
ホームページ https://www.j-n.co.jp/
DTP　ラッシュ
印刷所　大日本印刷株式会社
製本所　大日本印刷株式会社

フォーマットデザイン　鈴木正道(Suzuki Design)

ISBN978-4-408-55712-0（第二文芸）